Um die Ecke gebracht

Das Sauerland & andere Regionen
in 12 Kurzkrimis

2012 by Kathrin Heinrichs
Alle Rechte vorbehalten
Umschlaggestaltung: Birgit Beißel
Umschlagfoto: Adelheid Prünte
Satz: Olaf Warburg
Druck: cpi books – Clausen & Bosse, Leck
Erste Auflage 2012

ISBN 978-3-934327-13-9

Kathrin Heinrichs

Um die Ecke gebracht

Das Sauerland & andere Regionen
in 12 Kurzkrimis

Blatt-Verlag, Menden

Ähnlichkeiten zu realen Orten sind gewollt.
Personen und Handlungen der Geschichten dagegen
sind frei erfunden. Bezüge zu realen Menschen
wird man daher vergeblich suchen.

Inhalt

Um die Ecke gebracht

Manchmal sind es Kleinigkeiten, die das ganze Leben verändern. Eine Geste, ein Satz, ein Hut. Ja, manchmal auch ein Hut. Hätte Erwin vor 56 Jahren auf dem Erntedankfest in Endorf diesen Hut nicht getragen, hätte ich mich nie in ihn verliebt. Hätte ich ihn nicht zwei Jahre später geheiratet. Wäre mir einiges erspart geblieben. Wegen dem Hut aber – zack.

Und so ähnlich war das auch mit Kalli. Hätte Herr Schlockmann diesen einen Satz nicht gesagt, wäre Kalli nicht ausgerastet, wäre jetzt noch alles beim Alten. Aber besser, ich beginne von vorn zu erzählen. Also, richtig vorn. Warum wir hier sind und so.

Wir wohnen ja in Sanssouci. Also nicht Sanssouci, Frankreich. Auch nicht Sanssouci, Potsdam. Sondern Sanssouci, Sauerland. Zwischen Balve und Beckum, an der Kreuzung Richtung Hönnetal, nicht weit Balver Höhle. Da wohnen wir in diesem Fachwerkhaus, direkt in der Kurve, wo früher das „Haus Sanssouci" drin war, später ein Chinese – und jetzt wir, die Senioren-WG „Ohne Sorge". „Ohne Sorge" wegen Sanssouci – sind Sie wahrscheinlich schon selbst drauf gekommen. Sanssouci, das spricht man hier übrigens ganz sauerländisch aus. Sanksussi. Fast wie Sankt Susi. Die Einzige, die Sanssouci französisch ausspricht, ist Lenchen. Aber Lenchen ist halt auch ein bisschen gaga. Ständig erzählt sie, in welchen Revuen sie früher aufgetreten ist. Dass die Männer ihr zu Füßen lagen. Dass sie getanzt hat wie der Teufel und Theater gespielt wie eine Fee. Die sauerländische Marlene Dietrich, sagt Lenchen. Ich nehme an, sie hat vor 50 Jahren beim Schützenfest mal auf die Bühne gedurft. Ich verlange jedenfalls nicht von meinen Mitbewohnern, dass sie mich Hildegard nennen, nur weil mein Busen aussieht wie der von der Knef. Zu mir kann man weiter Tilde sagen. Und deshalb sage ich auch Lenchen zu unserer Schützenfest-Diva im Demenzstadium II. Aber ich komme vom Thema ab. Ich wollte ja von dem Satz erzählen und was er bei Kalli bewirkt hat. Kalli ist auch ein Mitbewohner. Und Kalli kümmert sich um unser Grundstück. Lenchen und ich, wir machen den Haushalt. Das ist Teil des Konzepts. Alten-WG. Wir sind zwar alt, aber wir werden weiter gebraucht. Gut, wir haben natürlich Betreuer im Haus. Detlev und Melli und Cara. Nicht alle zusammen, sie wechseln sich ab. Das ist ein Projekt. Ein Pilotprojekt sogar – wobei es mit Fliegen nichts weiter zu tun hat. Auf jeden Fall bekommen wir Gelder vom Land. „Selbstbestimmt leben im Alter." Detlev sagt immer, wenn das bei uns klappt, könnte das bundesweit Mode werden mit dem selbstbestimmten Leben im Alter. Unter diesem Aspekt war die Aktion mit Kalli nicht so besonders.

Aber ich bin immer noch nicht zum Erzählen gekommen. Also so: Der Kalli hat sich immer um die Tiere gekümmert. Das ist Teil des Projekts, dass auch Tiere dabei sind. „Selbstbestimmt leben im Stall" könnte das heißen. Erst hatten wir ja noch Hühner, aber die sind immer abgehauen und dadurch, dass wir so nah an der Straße leben – nun ja … Hühnerfrikassee. Blieben also nur noch die Karnickel, Kallis ganzer Stolz. Er hat hinten auf der Wiese für sie einen Auslauf gebaut. Und wenn das Wetter einigermaßen ist, dürfen sie raus. Der Einzige, den das gestört hat: Herr Schlockmann. Herrn Schlockmann, den kennen Sie noch gar nicht. Er war der Vierte im Bunde. Und der Einzige, der von Anfang gesiezt werden wollte. Ist ja ein bisschen albern, wenn man so eng zusammenlebt, aber Herr Schlockmann war eben so. Immer im Anzug, immer korrekt. Und so wollte er auch den Rasen gern haben. Ohne Karnickelküttel, ohne Moos. Einen richtig schönen Rasen, das war Schlockos Traum. Ich sag jetzt nur Schlocko, weil Kalli das auch immer gesagt hat. Um ihn zu ärgern. Manchmal hat er sogar Stockmann gesagt, weil Herr Schlockmann so steif ist wie ein Stock, hat Kalli gesagt. Sie merken schon, die beiden waren auf Krawall angelegt: Herr Schlockmann mit seinem Ordnungswahn, Kalli mit seinem Karnickelwahn. So als Mann waren sie beide nichts, wenn mir diese Bemerkung erlaubt ist. Ich meine, ich bin ja nur in dieser WG, weil ich mir hier neue Kontakte erhofft hab. Erwin ist seit acht Jahren tot und, als er noch lebte, war das auch kein Gewinn. Ich hab gedacht, so am Ende des Lebens wäre es schön, noch mal jemand zu haben. Und als ich das mit diesem Pilotprojekt gehört hab – zwei Männer und zwei Frauen, stand in der Zeitung – da hab ich gedacht, ein solches Verhältnis kriegst du nie wieder. Weil auf dem Friedhof ist das Verhältnis ja hundert zu eins. Na ja, und dann Kalli und Schlocko … Gut, Konkurrenz hab ich hier nicht. Lenchen ist ja so was von gaga. Aber was nützt einem der Mangel an Konkurrenz bei einem Mangel an brauchbaren Männern? Nun denn, Kalli und Schlocko.

Es war jetzt folgende Situation: Ein schöner Sommertag, Kalli war Löwenzahn pflücken für seine Karnickel, Herr Schlockmann war Rasenmähen, seine Lieblingsbeschäftigung, weil er auf 2,8 Zentimeter Rasenhöhe bestand. Lenchen saß im Wohnzimmer mit Blick auf die Straße und schaute dem Verkehr zu. Ich muss dazu sagen: Wir wohnen an einer ganz heftigen Kurve vor einer ganz heftigen Kreuzung. Es lohnt sich, da zu sitzen, weil immer mal wieder etwas passiert. Vor allem bei Sommerwetter, wenn die Leute dösig im Kopf sind, fahren sie gern jemandem drauf. Aber unter dem Aspekt sieht Lenchen das gar nicht. Sie denkt vielmehr – also, wenn man das noch denken nennen kann – also, sie denkt, die ganzen Autos kommen zu ihrem Auftritt. „Ob die alle in den Saal passen", murmelt sie dann und, „ich bin von Kopf bis Fuß auf Liebe eingestellt".

Detlev, unser Betreuer, war in der ersten Etage am Computer. Ich muss dazu sagen. Detlev, der sitzt viel am Computer. Der Computer ist eigentlich für uns da, Teil des Projekts, aber in Wirklichkeit sitzt immer Detlev daran. Manchmal bestellt er sich was – oder er schreibt Berichte wegen unserem Projekt. Er muss alles protokollieren – wie gut es läuft in unserer WG. Detlev sagt, wenn „Ohne Sorge" in Sanssouci ein Erfolg wird, dann haben wir bald überall Alten-WGs, und er würde dann ganz groß rauskommen als Initiator des Ganzen. Wobei, ich merk gerade – unter Umständen habe ich das schon erzählt. Wie auch immer – Detlev saß am Computer und ich war in der Küche am Kartoffelschälen mit Blick in den Garten. Mir war's draußen zu heiß – wirklich so ein richtig bulliger Tag. Kalli war schon den ganzen Tag im Unterhemd rumgelaufen. Und so tauchte er dann auch plötzlich wieder auf. Im Feinripp und knallrot im Gesicht. Weil Kalli ist ein bisschen dick, übergewichtig. Wenn er sich bewegt, ist er immer sofort überhitzt. Und so kam er dann an. Eine Plastiktüte voller Karnickelfutter an der Hand sah ich ihn in den Garten marschieren, wo Herr Schlockmann inzwischen mit dem Rasen durch war und es sich in einem Gartenstuhl bequem gemacht hatte.

Kalli sah sich um mit seinem roten Gesicht und fast noch röteren Augen. Und dann fragte er laut: „Wo sind meine Karnickel?" Er fragte das sehr laut. Drohend beinahe. Kein Wunder, weil die Karnickel waren ja eben noch dagewesen unter dem selbstgebauten Auslauf und jetzt war weder der Auslauf da noch die Karnickel. Nur Herr Schlockmann war da. Augen geschlossen, wie ich durchs Küchenfenster sah, Hände auf dem Bauch gefaltet und völlig entspannt. „Wo sind meine Karnickel?", brüllte Kalli noch mal, jetzt schon total von der Rolle. Ich weiß noch, dass ich dachte: wenn der mal keinen Sonnenstich hat. Aber das dachte ich nicht lange, denn dann sagte Herr Schlockmann einen Satz. Einen Satz, der sein Leben verändern sollte – und zwar auf sehr verkürzende Weise. Er behielt die Augen geschlossen und sagte: „Um die Ecke gebracht!"

Einen Moment lang stand Kalli ganz still. Ich dachte schon, er würde jetzt platzen, aber das tat er nicht. Stattdessen brüllte er: „Was hast du mit ihnen gemacht?"

„Sie", sagte Herr Schlockmann ganz ruhig, „ich habe oft genug betont, dass ich gesiezt werden möchte."

Und dann passierte es. Ich glaube, Kalli wusste sich sonst keinen Rat. Auf jeden Fall griff er nach dem Spaten, mit dem Herr Schlockmann eben noch einen Maulwürfshügel entfernt hatte, und schlug Schlocko den Spaten mit Karacho auf den Kopf.

Ich muss sagen, da war es bei mir erst mal mit dem Kartoffelschälen vorbei. Weil Herr Schlockmann hatte die Karnickel ja tatsächlich nur um die Ecke gebracht – also, so ganz wörtlich gesprochen. Um den Rasen besser mähen zu können. Die Kaninchen mümmelten jetzt links vom Haus munter vor sich hin. Allerdings war es nun zu spät, das genau zu erklären. Ich musste dann jedenfalls erst einmal schreien. Zehn Sekunden später stand Detlev in der Küche und zwei Minuten später kam Lenchen rein und fragte, ob die Aufführung schon begänne. Kalli war wie versteinert, vor allem als er die Sache mit der Ecke endlich in den Kopf gekriegt hatte. Detlev war auch wie versteinert – und dann sagte er: „Das war's ja dann wohl mit unserem Projekt."

War's aber gar nicht. Wir haben das anders auf die Reihe gekriegt. Herr Schlockmann ist laut unseren Angaben die Kellertreppe hinuntergestürzt. Kalli hat ihn gefunden und Lenchen glaubt, dass bei uns gerade Shakespeare gespielt wird.

Ich meine, man muss das Gesamtprojekt im Auge haben. Wir haben schließlich alle unsere Interessen. Ich auch. Ich hab sofort zu Detlev gesagt: „Ich halte gerne den Mund. Aber wenn demnächst der Ersatzmann für Schlocko ausgesucht wird, dann bin ich bei der Auswahl dabei."

Bis dass der Tod

Es ist die Art, wie er nach der Kaffeekanne greift. Es ist nämlich so: Er guckt nicht richtig. Er greift, während er eigentlich Zeitung liest. Dabei schmeißt er um ein Haar die Milchpackung um. Aber ist ja egal! Man hat ja für alles seine Leute!

Regine schaut auf die Uhr. Es ist halb neun, und sie ist schon jetzt tierisch genervt.

Der Witz ist: Er merkt es gar nicht. Er merkt gar nicht, dass er die Milchpackung beinahe umgekippt hat. Stattdessen liest er weiter in der Zeitung und gießt sich halbblind Kaffee in seine Tasse.

Wie schön, dass sie so entspannt frühstücken können, seitdem Erwin frühpensioniert ist!

„Das gibt's doch gar nicht", sagt er plötzlich. Offenbar hat er etwas Interessantes in der Zeitung entdeckt. Etwas wohlgemerkt, das *er* interessant findet!

Und dann passiert, was immer passiert. Er sagt nichts weiter. Er macht einen einleitenden Satz – um dann plötzlich zu verstummen. Sie muss erst nachfragen.

„*Was* gibt es gar nicht?", fragt sie überartikuliert.

Er schüttelt den Kopf. „Das gibt's doch gar nicht", wiederholt er, als existiere sie nicht.

Schon jetzt ist sie so weit. Sie möchte das Brötchenmesser nehmen und es ihm in die Brust rammen. „*Was* gibt es gar nicht?", möchte sie schreien. „Nun sag es doch endlich! Willst du jetzt ein Gespräch mit mir führen oder nicht?"

„Die B 515", sagt er schließlich seelenruhig, „du weißt schon, die Provinzialstraße unten bei Slamic. Dauert noch mindestens ein halbes Jahr, bis die Sperrung dort wegfällt."

„Ja und?", möchte sie sagen. „Wen interessiert das? Fahre ich dort jeden Tag lang?"

Natürlich fährt sie dort nicht jeden Tag lang. Nur wenn sie nach Dortmund will. Oder nach Halingen. Aber wer will schon jeden Tag nach Halingen? Sie nicht!

Er trinkt aus seiner Tasse. Ohne zu gucken natürlich. Er verfehlt beinahe den Mund, weil er so sehr in die Zeitung vertieft ist. „Und dann das Hönnetal. Ist ebenfalls noch über Monate gesperrt. Wegen der Sprengungsarbeiten."

Sie weiß nicht, was das soll! Sie weiß nicht, warum er ihr jeden Tag Dinge präsentiert, die sie überhaupt nichts angehen. Dass es mit dem Bahnhof nicht vorangeht! Dass das Biebertalbad voraussichtlich schließt! Dass bald eine Gesamtschule kommt!

Sie fährt weder mit der Bahn noch geht sie regelmäßig schwimmen noch ist ihr Kind im schulpflichtigen Alter. Wen – also – interessiert – das?

Erwin – das kann man mit Sicherheit sagen!

Er hat ja auch nichts anderes mehr. Seitdem man ihn bei der Telekom abgefunden hat, ist er zu Hause. Mit 58! Das ist ziemlich hart. Vor allem für sie.

„Fährst du mit zum Einkaufen?", fragt sie und hat einen Augenblick Hoffnung, dass er nicht will.

Er hört sie gar nicht. Er hat schon wieder einen neuen Artikel gefunden.

„Das gibt's doch gar nicht", sagt er erneut aus seinem

Nebenkosmos heraus und knistert wild mit der Zeitung. Die Zeitung, denkt Regine verbittert, ist das Einzige, was in ihrer Ehe noch knistert. Erwin schüttelt den Kopf. Und wieder dasselbe: nichts weiter. Sie soll nachfragen. Nachfragen, was es nicht gibt. Aber sie hat keine Lust. Stattdessen testet sie, ob er ihr zuhört:

„Ich glaube, die Quote von Frauen, die ihre frühpensionierten Männer umbringen, ist höher, als man in Statistiken nachlesen kann."

Erwin guckt nicht hoch. Stattdessen steuert er selbst etwas bei. „Der städtische Streudienst ist noch nie so selten ausgerückt wie in diesem Jahr."

Aha. Wichtige Info. Wollte sie immer schon wissen.

„Ich geh dann jetzt einkaufen", murmelt sie.

„Ich komme mit", antwortet er prompt.

Und während sie aufsteht, fragt sie sich, wie viele Frauen tatsächlich ihre frühpensionierten Männer umbringen.

Es ist die Art, wie sie an ihm herummacht, wenn sie aus dem Haus gehen. Immer stellt sie seinen Mantelkragen hoch. „Sieht einfach besser aus", sagt sie dann und zupft noch einen Fussel weg, der sich angeblich auf seinem Mantel befindet. Er findet nicht, dass es gut aussieht, wenn einem der Mantelkragen hochsteht. Man sieht damit aus wie ein herausgeputzter Napoleon. Ganz nebenbei sieht man aus, als hätte einem die Frau den Kragen hochgestellt. Manchmal trifft er andere Männer in der Fußgängerzone, deren Kragen auch hochgestellt ist. Wenn sie unglücklich dreinschauen, möchte er sich mit ihnen solidarisieren. „Wir lassen uns nie wieder den Kragen hochstellen", hört er sich dann im Chor mit ihnen rufen. „Wir gründen die KUL, die Partei der Kragenuntenlasser!"

„Können wir dann endlich?", fragt Regine. Sie fragt es genervt. Sie ist immer genervt, wenn sie ausgehen. Sollte vielleicht mal ihre Laune liften anstatt anderleuts Kragen.

„Warum fährst du diese Strecke?", fragt sie, als er den Heimkerweg runterfährt. „Fahr doch rechts und dann Westtangente. Geht doch viel schneller."

Geht nicht schneller. Er hat das ausgetestet. Warum quatscht sie ihm in seine Route?

„Ich habe übrigens jetzt endlich mit Lessers einen Termin ausgemacht."

„Einen Termin?"

„Wir wollen uns ja schon ewig mal treffen, aber wir konnten ja nie."

Es ist ihm neu, dass er sich schon ewig mit den Lessers treffen wollte.

„Das klappt jetzt endlich am Samstag. Die kommen zum Essen. Ich mache Fondue."

Moment, Moment, Moment! Samstag ... da war was! Ja, klar war da was! Fußball. Champions League! Barcelona gegen Leverkusen – ein Muss!

„Geht nicht", sagt er dumpf.

Ihr Kopf fährt herum. „Wie – geht nicht?"

„Da kommt Fußball", sagt er. „Ich hab keine Lust, mich mit den Lessers zu langweilen, wenn Fußball im Fernsehen kommt."

„Das ist nicht dein Ernst!" Ihre Stimme klingt, als fiele sie gleich in Ohnmacht.

Er wartet einen Moment, versucht, ihr das schonend beizubringen. „Warum hast du mich nicht gefragt?"

Sie schließt die Augen. Das heißt, sie ist an der Grenze. Jeder weitere Satz führt über die Grenze hinaus.

„Gefragt?" Sie sagt es ganz leise. „Warum ich dich nicht gefragt habe?"

„Genau!"

„Erwin ..", ihre Stimme bekommt diese pseudo-sachliche Note. Ihre Stimme sagt: Ich gebe mir Mühe, damit du verstehst – obwohl jeder andere Mann längst kapiert hätte, wie bodenlos diese Anfrage ist.

„Wer, Erwin, regelt unsere gesamten sozialen Kontakte? Wer sorgt dafür, dass wir noch Einladungen kriegen? Wer quatscht sich am Telefon heiser, damit wir einen Freundeskreis haben?"

Dreimal „Ja", denkt er. Und dreimal „Ja und?".

„Ich brauche das nicht."

„Du brauchst das nicht?" Die Stimme ist jetzt nicht mehr sachlich, pseudosachlich, sie ist schrill und hysterisch – und zwar nicht pseudohysterisch.

„Was brauchst du denn? Abende mit fünf Flaschen Bier vor der Glotze, in denen du auf dem Sofa einschläfst? Abende, an denen du dein dämliches Sudoku-Rätsel löst? Mag sein, dass dich das glücklich macht. Aber du bist nicht allein. Du hast eine Frau! Eine Frau, die gern auch mal mit anderen Menschen spricht – nicht nur mit ihrem Mann. Kannst du das verstehen?"

Sie fängt an zu weinen. Verdammt, sie fängt an zu weinen.

„War ja nicht so gemeint", sagt er schließlich, „es ist nur – der Termin ist ungünstig. Wenn wir das abgesprochen hätten – "

Sie weint noch ein bisschen. Dann schließlich wendet sie sich ihm zu. „Du hast ja recht", sie streicht

17

ihm über die Wange. Er schmiegt sich in ihre Hand.
„Tut mir leid, ich hätte nachfragen sollen."

„Ist ja nicht so schlimm."

„Das Blöde ist nur, wir haben den Termin jetzt drei-
mal verschoben. Wenn ich nochmal absage ... kannst
du das Spiel vielleicht aufnehmen?"

Aufnehmen? Ein Fußballspiel?

Ein aufgenommenes Fußballspiel ist so aufregend wie
eine tiefgekühlte Frau. Bei dem Bild einer tiefgekühlten
Frau kommt ihm Gudrun Lesser in den Sinn.

„Von mir aus", sagt er schließlich. Wieder streicht
sie ihm über die Wange, dann macht ihre Hand halt.

„Dein Bart ist zu lang", sagt sie abrupt. „Ich habe
schon zigmal gesagt, einmal in der Woche musst du ihn
stutzen."

Die Leier wieder!

Er denkt an sein Rasiermesser. Er denkt daran, wie
er sich rasiert. Und dann denkt er, was man mit dem
Rasiermesser noch machen könnte.

Der Klassiker: Er schließt das Auto ab und fasst dann
noch einmal nach, ob die Tür auch tatsächlich zu ist. Sie
ist zu. Sie ist immer zu. Sie hat keine Ahnung, warum er
immer nachfasst. Und natürlich ist sein Mantelkragen
wieder heruntergeklappt! Wenn er wüsste, wie dämlich
das aussieht! Erwin könnte gut aussehen. Wenn er nur
mehr auf sich achten würde! Modische Kleidung, ein
gutgestutzter Bart – aber nein, das ist ja alles nicht
wichtig! Am liebsten würde sie ihm den Kragen noch
einmal richten, aber dann wird er wütend. Immerhin ist
das mit den Lessers gut gelaufen. Sie hatte schon die
Befürchtung, er regt sich so auf, dass die ganze Sache

platzt. In der Regel kriegt sie ihre Angelegenheiten ja dann doch ganz gut untergeschoben.

Sie hält sich also zurück – auch, als er im Schneckentempo sein Portemonnaie herauskramt, nach einem 1 Euro-Stück angelt und dann – gefühlte sechs Stunden später – endlich den Einkaufswagen in den Supermarkt schiebt. Erwin wird alt, denkt sie, er wird alt – und sie, sie fühlt sich so jung.

Sie sind noch keine drei Meter im Markt, da geht es schon los. Er bleibt stehen und studiert die Preisschilder. Sie fragt sich manchmal, ob er sie auswendig lernt. Wenn sie allein einkaufen geht, dauert das maximal 30 Minuten. Mit Erwin ist sie über eine Stunde unterwegs. Ihn allein losschicken geht auch nicht, dann bringt er nicht mit, was auf dem Einkaufszettel steht, stattdessen aber einen Zehnerpack Müsliriegel, die keiner von ihnen isst. „55,9 Prozent Zucker", sagt Erwin jetzt mit einem Glas Nutella in der Hand, „und 31,8 Prozent Fett."

Es ist nicht zu fassen! Weder sie noch Erwin essen jemals Nutella. Das letzte Glas hat sie gekauft, als ihre Tochter noch zu Hause wohnte. Warum ist es jetzt wichtig, dass Nutella 55,9 Prozent Zucker enthält? Sie nimmt ihm den Wagen ab und räumt an der Kühltheke die Milchpackungen ein. Ihren Ehemann beachtet sie erst wieder, als er vor dem Regal mit Deos herumsteht.

„32", murmelt Erwin, den Blick auf eine Spraydose gerichtet. Vermutlich ermittelt er den Wasseranteil in herkömmlichen Deodorants. Sie hält aber auch für möglich, dass er inzwischen total durchgedreht ist.

„Die ewige Rechenaufgabe", murmelt er jetzt. Und wieder keine Erklärung. Mein Gott, wie sie das hasst!

„Dabei habe ich 8 x 4 schon als Kind ausgerechnet."

Sie starrt ihn an. Und sie starrt auf das Deodorant, mit dem er sich offensichtlich beschäftigt.

8 x 4.

32.

Ihr hat mal jemand erklärt, dass ein entzündetes Deo zu einem unkontrollierbaren Sprühfeuer führt. Sie stellt sich das vor. Sie stellt sich vor, wie ein unkontrollierbares Sprühfeuer zunächst Erwins ungestutzten Bart und dann den kompletten Erwin erfasst.

Ihre Tochter Anna sagt immer, sie müssten mehr reden. Sie hat ja keine Ahnung. Sie weiß nicht, dass Erwin in Streitgesprächen nie etwas sagt.

Sie dreht sich um in der Hoffnung, dann keinen brennenden Erwin mehr vor sich zu sehen. Ihr Blick fällt auf „Klärende Reinigungstücher".

Klärung ist wichtig, sagt Anna. Fragt sich nur, ob zwei Packungen reichen. Vielleicht nimmt Regine besser 8 x 4.

Wie er dieses Gehabe verabscheut: Küsschen hier, Küsschen da. „Hallo Rebecca, ja, wir gehen noch ein bisschen durch die Stadt. Erwin ist ja jetzt zu Hause. Wir haben nun Zeit."

Sie macht ihm zum Vorwurf, dass er frühpensioniert ist, das merkt er genau. Und sie sendet ihren Freundinnen Botschaften zwischen den Zeilen. Würde ihn nicht wundern, wenn Regine dieser Tussi eben noch ein Auge zugeknipst hätte.

Er betrachtet stattdessen die Vincenz-Kirche, allein schon, damit Rebecca nicht auf die Idee kommt, auch ihn noch zu küssen. Auf den Stufen unter der Kirche sitzen ein paar Jugendliche und albern herum.

„Tschüss dann!", sagt Rebecca. Wortlos nickt er ihr zu und sieht sie in Richtung Schuhgeschäft verschwinden.

„Trinken wir noch einen Kaffee?", fragt Regine.

„Einen Kaffee?"

Er versteht sowas nicht. Sie haben zu Hause eine Kaffeemaschine. Warum sollen sie anderswo Geld ausgeben, wenn sie ihn zu Hause billig selbst machen können? Außerdem: Warum schon wieder Kaffee? Sie haben erst vor anderthalb Stunden gefrühstückt! Sie könnten sich einfach auf eine Bank setzen und gucken. Der neue Rathausplatz war schließlich teuer genug.

„Außerdem will ich noch bei Akzente vorbei – und mal bei Tchibo gucken, was es diese Woche so gibt."

Ah ja, er versteht, das komplette Programm! Jede Woche eine neue Welt! Wie er das hasst! Man kauft ein, wenn man etwas braucht. Wenn man Bedarf hat. Man kauft nicht ein, weil die Sachen gerade so rumstehen.

Am Ende sitzen sie im Eiscafé nahe dem Telekomladen und haben seine Frühpensionierung damit direkt vor Augen.

Sehr originell, denkt er, dass Regine bei Tchibo Beschwerungskugeln im Marienkäferlook für die Gartentischdecke gekauft hat und dass sie jetzt vorm Eisladen sitzen, um Kaffee zu trinken. Vielleicht gehen sie gleich noch mal bei der Telekom rein, die verkaufen inzwischen bestimmt Eis.

Er selbst wäre gerne in die Stadtbücherei gegangen, drüben im Alten Rathaus, und hätte dort Kaffee getrunken. Dort ist es billig – außerdem kann man da lesen. Manchmal geht er dorthin, um in aller Ruhe Zeitung zu lesen. Zu Hause beklagt sich Regine ja immer, dass er die Zeitung „zerrupft". Da fragt er sich manchmal: Ja und? Will sie die alten Zeitungen bügeln und damit Serviettentechnik machen?

Wäre im Übrigen gar nicht so schlecht. Müsste sie nicht so viel Geld für Deko-Zeugs raushauen.

Regine beugt sich jetzt zu ihm herüber. Er kennt die Geste genau: Sie will ihm etwas Vertrauliches sagen – etwas, das vermutlich Rebecca nicht hören soll – Rebecca, die sie eben – Küsschen Küsschen – begrüßt hat und die jetzt schätzungsweise zwei Kilometer weit weg ist.

„Rebeccas Mann ist nach Münster gerufen worden", raunt sie ihm zu, „zum Verwaltungsgericht."

Ah ja. Zum Verwaltungsgericht. Karrieresprung nennt man das wohl.

„Der verdient jetzt über 6.000, hat mir Marlene erzählt."

Über 6.000. Na toll. Sind 60 Paar neue Schuhe im Monat. Und 1.500 Packungen Beschwerungskugeln für die Gartentischdecke.

Er schaut sie an. Sieht, wie sie die Nase rümpft auf diese ganz eigene Weise. Auf diese Weise, wie auch seine Schwiegermutter die Nase gerümpft hat. Dieses Naserümpfen sagt: „Na gut – wir nicht – ist ja nicht schlimm."

Er hat nicht geahnt, dass Naserümpfen genetisch vererbbar ist.

Er hat auch nicht geahnt, dass Naserümpfen Auswirkungen auf seinen Blutdruck haben kann.

„Was bestellst du?", fragt Regine und blättert in der Karte.

„Einen Kaffee", bringt er heraus.

„Einen Kaffee?", kontert Regine sofort. „Nimm doch mal einen Cappuccino. Oder einen Latte Macciato. Immer Kaffee ist doch blöd. Du hast noch nie einen Latte probiert."

„Einen Kaffee", wiederholt er stumpf.

Und dann rümpft Regine wieder die Nase. Wie ihre Mutter. Er kann nicht anders. Er fragt sich, ob die Nase sich auch rümpft, wenn man brütheißen Kaffee darüber ausgießt.

Das Problem ist: Erwin wird mehr und mehr wie sein Vater. So stoffelig. So sparsam. So eigen. Wie er jetzt aus dem Seitenfenster guckt. Er soll nach vorne gucken! Womöglich baut er gleich noch einen Unfall! Das fehlte noch – gerade pensioniert und im nächsten Monat krank. Weil er aus dem Seitenfenster geguckt hat, muss sie ihn pflegen!

Dann geht ihr Handy. Anna ist dran.

„Hallo, meine Süße", sagt sie. „Wie geht's dir?"

„Wie geht's euch?", fragt Anna zurück.

„Wie geht's uns?", fragt sie und schaut zu Erwin hinüber, der jetzt ausnahmsweise mal geradeaus guckt.

„Wir kommen vom Einkaufen", erklärt sie. „Und dann haben wir noch in aller Ruhe einen Kaffee getrunken."

„Mit Papa?" Anna kann es nicht glauben. „Den kriegt man doch nie in ein Café. Gib ihn mir mal!"

Regine reicht ihm das Handy hinüber. „Anna ist dran."

„Ich kann nicht – ich fahre."

„Nur ein paar Worte!" Sie hält Erwin das Handy einfach ans Ohr. Ungehalten schlägt er es weg. „Ich fahre!", ruft er und starrt sie wuterfüllt an.

„Aber es ist – "

Die Wucht des Aufpralls wirft sie mit Karacho in den Gurt. Sie wird herumgerissen. Das Auto wird herumgerissen. Noch ein Aufprall. Vor ihr alles weiß. Ein Heißluftballon. Noch immer alles in Bewegung. Dann wieder ein Knall, ein Scheppern, ein Ruck. Und dann plötzlich nichts mehr. Alles still. Nur eine Stimme. Eine Stimme von unten. Von unter dem Sitz. „Was macht ihr denn da? Streitet ihr euch? Sag, Mama, streitet ihr euch? Ich hab euch schon tausendmal gesagt, ihr müsst miteinander reden!"

Da sind Schmerzen. Überall. Überall Schmerzen. Mit Mühe schafft Regine es, den Kopf zur Seite zu drehen.

Alles voll Blut. Erwins Kopf grausam verrenkt. Seine Augen offen und starr.

„Hast du gehört, Mama? Ihr müsst miteinander reden."

„Reden?", denkt sie und spürt ein unerträgliches Pochen im Kopf. „Aber er sagt ja nie was."

„Irgendwie schräg", sagt Thomas.

Anna blickt hoch. Doch ihr Freund ist verstummt. Er scheint zu warten, dass sie nachfragt.

„Was meinst du?"

Er runzelt die Stirn, zögert noch einen Moment, sagt dann: „Das alles irgendwie!"

Manchmal versteht sie ihn nicht.

„Sollen wir's so lassen?", fragt sie stattdessen. Sie müssen vorankommen, egal, wie „schräg" das alles ist.

Thomas wirft noch mal einen Blick auf die Anzeige, die Anna formuliert hat. An einem Satz bleibt er hängen.

„Eine besondere Gnade wurde meinen Eltern zuteil: Sie müssen sich auch im Tode nicht trennen."

„Von mir aus", sagt er schließlich. „Es sind deine Eltern."

Dann betrachtet er seine Freundin – die verweinten Augen, die fahle Haut. Sie spürt seinen Blick und versucht ihm einen aufmunternden Blick zuzuwerfen. Dann rümpft sie die Nase auf eine ganz spezielle Weise. Er kann nicht sagen, was es ist – aber Thomas kommt es vor, als hätte er das schon mal irgendwo gesehen.

Saarburger Rausch

Ich glaub das nicht. Ich sitze hier, auf der Kuppe des Weinbergs, und blicke ins Tal. Sehe die angestrahlte Burg, die Laurentiuskirche und etliche Biergärten im Innern der Altstadt. Besäße ich nicht diesen hart erarbeiteten Überschuss an Selbstironie – es wäre glatt ein dramatischer Moment. So sage ich mir: Immerhin bin ich bislang nicht kollabiert.

Dana sitzt neben mir und ist völlig entzückt. Wir sind hier, weil sie es so wollte. Diese Reise in meine Vergangenheit – dieses Sommerabend-Picknick – alles ihre Idee. Sie hat lange gebraucht, um mich davon zu überzeugen. Ach, was sage ich – sie hat mich nicht überzeugt. Sie hat mich erpresst. Sie hat gesagt, wenn ich nicht im Mindesten bereit sei, etwas preiszugeben von mir, dann sähe sie für uns keine Zukunft. Fertig – aus – Dana. Jeder anderen Frau habe ich an diesem Punkt den Laufpass gegeben, Dana allerdings nicht. Dana ist anders. Dana ist alles. Sie ist die Frau, die ich will. Wenn es sein muss, bin ich bereit, ihretwegen meinen Vater zu treffen. Andererseits müssen wir nicht gleich vom Schlimmsten ausgehen.

„Es ist phantastisch", sagt Dana. Ich verschlucke mich beinahe an meiner eigenen Spucke.

„Es liegt so ein Frieden über dem Land." Aus Protest bekomme ich einen Hustenanfall.

Ein Frieden? Über dem Land? Was ist hier los? Dana neigt eigentlich nicht zu pathetischem Geschwafel. Vielleicht sollte ich ihr vermitteln, was tatsächlich über dem Land liegt. Ich könnte ihr von einsamen Kindern erzählen – von Jungs, die im Wingert ihre Hausaufgaben machten – auf einer Mauer, praktisch während der Arbeit. Ich könnte ihr erzählen von Vätern, die ihren Kindern nicht zuhören. Von einer Mutter, die man niemals gehabt hat. Stattdessen huste ich lieber. Dana schlägt mir auf den Rücken und lacht. „Du musst etwas trinken", sagt sie, zieht ihren Rucksack heran und holt eine Flasche Wasser hervor. Anstatt sie zu öffnen, kramt sie weiter im Rucksack herum. „Ich hab noch was dabei ... Ich dachte, vielleicht willst du zur Feier des Tages eine Ausnahme machen."

Statt eines Kaninchens zieht sie eine weitere Flasche hervor. Grün. Langhalsig. Riesling. Das geht zu weit. Vor Schreck vergesse ich sogar das Husten.

„Ich hab ihn vorhin besorgt", sagt Dana, einerseits entschuldigend, als sie meinen Blick sieht, andererseits auch ein bisschen verletzt. „Ich dachte nur, wenn wir schon hier an der Saar sind ..."

„Zum Wohl!", sage ich, ernsthaft getroffen. Dann lege ich mich zurück und schließe die Augen. Nie wieder werde ich Alkohol trinken. Und schon gar keinen Riesling. Keinen Moment werde ich die Kontrolle verlieren. Das habe ich geschworen, und seit fast zwanzig Jahren habe ich nicht ein einziges Mal dagegen verstoßen. Mich kann man nicht verführen. Auch nicht mit einer Auslese von Dr. Wagner. Auch nicht, wenn der Wein noch so gerühmt wird.

Ich kenne mich aus. Nach wie vor kenn ich mich aus. Ich lese im Internet alles, was ich finden kann. Wer welches Gut übernimmt. Welcher Wein ausgezeichnet wurde. Warum das Weinanbaugebiet plötzlich "Mosel" heißt und nicht mehr „Mosel-Saar-Ruwer" – und wer das wie findet.

Es tut sich viel in der Gegend. Egon Müller ist noch immer der King, dem der beste Weißwein Deutschlands zugeschrieben wird, aber andere sind im Kommen. Zum Beispiel ein Erbe der Bitburger Brauerei, der jetzt in Wein macht, hier an der Saar. Er hat sich in ur-alte Winzerschriften eingelesen und bringt angeblich beeindruckende Ergebnisse auf den Tisch. Trotzdem kann ich mir vorstellen, was alte Winzer über ihn sagen. „Der soll erst mal Reben schneiden!", höre ich meinen Vater schimpfen. „Der soll erst mal lernen, was es heißt, seine Ernte zu verlieren." Dabei hat er selbst immer groß rauskommen wollen, mein Vater. Endlich aus der zweiten Reihe weg, ganz nach vorn. Mit seinem ältesten Sohn wollte er es schaffen in den Club der Prädikatsweingüter. Wenn Richard sein Studium in Geisenheim beendet hatte, sollte er bei Egon Müller ins Praktikum gehen. Es war alles beschlossene Sache. Vater hatte unser aller Leben sorgfältig geplant. Nur leider lässt sich das Leben nicht immer sorgfältig planen. Zumindest nicht mit 2,3 Promille im Blut.

„Es tut mir leid!"

Ich schrecke zusammen. Dana schmiegt sich an mich und schiebt ihre Hand in meine. Endlich kann ich entspannen.

„Freitagabend", murmelt sie genüsslich. „Wenn wir jetzt zu Hause wären, würden wir vorm Fernseher gammeln."

Sie hat recht. Wir sind keine Spießer, aber wenn Dana freitagabends zu mir kommt, ist regelmäßig Günther Jauch angesagt. Dana hat früher mal bei RTL gejobbt. „Wer wird Millionär" ist das einzige Format, das sie nach wie vor liebend gern guckt. Ich finde es schräg, aber nicht schlimm. Es gibt ernstere Spleens. Dafür bin ich schließlich der beste Beweis.

„16.000 Euro-Frage", murmele ich und spüre beim Sprechen Danas Haare an meinen Lippen. „Warum hat Günther Jauch dieses Jahr ein renommiertes Weingut an der Saar übernommen?"

„Hat er?" Dana schießt hoch.

„A) Weil das Weingut seiner Familie gehört. B) Weil er nicht weiß, was er sonst mit seinem Geld machen soll. C) Weil er nicht weiß, was er sonst mit seiner Zeit machen soll. D) Weil er die Bestellerei beim Weinhandel leid ist."

„Du veräppelst mich! Jauch hat kein Weingut an der Saar übernommen."

„Doch, hat er!"

Ich liebe es, wenn Dana sich aufregt. Ich möchte sie küssen. Ich möchte mit ihr schlafen, hier und jetzt. Auf einem Weinberg. In der Lage „Saarburger Rausch". Mit Blick auf meine Jugend, die im Abgang alles andere als schön war.

„Wo ist es? Welches Weingut hat er gekauft?"

Ich ziehe sie zu mir herunter. „Erst musst du raten", murmele ich und küsse ihren Hals, „A, B, C oder D?"

Dana lacht. Sie ist wunderbar kitzelig. Am Hals kriege ich sie immer.

„Sag schon", dränge ich sie und dränge mich gleichzeitig auf. „A, B, C oder D?"

Wieder lacht sie, und ich weiß, dass ich jetzt alles von ihr bekomme.

„A", schnurrt sie, „ich nehme A." Und dann sagt sie

etwas, weswegen ich ihr auf der Stelle und für immer verfalle: „A wie Alex."

Eine gute Stunde später ist es passiert. Das, was mir immer undenkbar erschien, ist gestern Abend geschehen: Ich habe eine halbe Flasche Riesling getrunken. Ein verdammt gutes Zeugs. „Komplex", wie man gern sagt. Mit dem unnachahmlich metallischen Schiefer-Saar-Sound. „Generation V" hieß der Wein. Ironie des Schicksals. Generation V, das wären auch wir gewesen. Richard, Irene und ich – die fünfte Winzergeneration. Geblieben ist nur Irene, die sich zwar immer für Wein interessiert hat, die aber ursprünglich eine kaufmännische Lehre gemacht hat. Richard, den würdigen Nachfolger, gibt es nicht mehr. Und mich gibt es auch nicht mehr. Ich bin der verlorene Sohn. Nein, anders, ich bin der verstoßene Sohn.

Wie auch immer – gestern Abend habe ich Riesling getrunken. Und ich habe nicht mal ein schlechtes Gefühl. Was wird noch alles passieren auf diesem Trip?

„Ich bin sehr froh", sagt Dana passgenau, während wir ins Auto steigen. „Dass du dich auf all das eingelassen hast."

Wenn sie wüsste. Was dabei zutage treten kann. Was ich zu bieten habe. Einen schwarzen Fleck auf der Seele. Eine leere Stelle an meiner Seite. Richard, der mich nie verlassen wird. Der immer mitlebt in meinen Gedanken. So ist das, wenn man seinen Bruder auf dem Gewissen hat.

„Ich will dich nie wieder sehen!", hat mein Vater damals gesagt. Ich habe ihn beim Wort genommen. Das ist jetzt fast zwanzig Jahre her. Neunzehn Jahre und zweiundachtzig Tage, wenn man es genau wissen will. Die Briefe, die kamen, habe ich zerrissen. Denn es gibt mich nicht mehr an der Saar. Ich habe mir ein neues Leben aufgebaut. Und das hat am Ende besser geklappt, als man nach den ersten Jahren hätte annehmen können. Die habe ich in Europa verbaselt. Einen Sommer habe ich in Italien gekellnert, einige Monate auf einer Nordseeinsel verbracht, anschließend zwei Jahre in Frankreich gejobbt. Und nie war ich allein. Immer hatte ich Richard dabei. Ich habe mit ihm gesprochen, ihn um Rat gefragt, ihn unzählige Male um Verzeihung gebeten. Leider habe ich nie eine Antwort erhalten.

„So richtig wohlhabend sieht es hier ja nicht aus." Oha, Dana kommt langsam auf den Trichter. Auf den Saartrichter. Die Dörfer, die wir durchfahren, verfügen nicht gerade über Winzer-Paläste. Als die Mosel in den 60ern das dicke Geld gemacht hat, hat die Saar den Anschluss verpasst. Die meisten Leute waren arm, obwohl sie wie die Teufel gearbeitet haben. Umso größer der Ehrgeiz meines Vaters, es endlich ganz nach oben zu schaffen. Den Saarwein voranzubringen – und vor allem sich selbst. Peter Merbes – Zar of the Saar.

Wavern fliegt an uns vorbei, dann Ayl. Der Ort hat sich gemacht. Paläste gibt es auch hier nicht, aber eine ganze Menge florierender Güter.

„Wie habt ihr denn gelebt?" Eine dezente Frage von Dana. Nicht: Wo habt ihr gelebt, sondern wie. Trotzdem eine Frage, die ich nicht beantworten möchte. „So ähnlich", murmele ich und weiß, dass das eine Null-Antwort ist. Ich möchte Dana nicht anlügen. Ich sage lieber nichts. Als ich gesagt habe, ich hätte keine Familie mehr, stimmte das. Irgendwie. Meine Mutter starb, als ich noch kein Jahr alt war. Und auch mein Vater ist tot. Zumindest für mich.

Als wir auf die Kirche zusteuern, legt Dana plötzlich die Hand auf meinen Arm. „Halt mal an! Ich will die Kirche anschauen, zumindest von außen."

Ich schaue aus dem Seitenfenster. Ich weiß schon, warum.

„Mal eben lesen", murmelt meine Liebste und liest die megagroße Schrift vor, die an der Kirche angebracht ist. „Im Kreuz ist Leid. Im Kreuz ist Heil. Im Kreuz ist Leben."

Ich spüre, dass sie jetzt ihren Blick auf mich gerichtet hat. Umso verzweifelter schaue ich aus dem Fenster. Richards Grabspruch. Die Worte, die hier an der Kirchenwand stehen, hat mein Vater damals für den Grabstein gewählt. Plötzlich weiß ich, dass ich dort hinmuss. An Richards Grab. Und an das Grab meiner Mutter. Aber allein.

Erst allerdings ist Saarburg angesagt. Dana will unbedingt einen Stadtbummel machen. Ich sträube mich eine Weile, weiß aber, dass es sinnlos ist. Wenn ich jetzt einen Rückzieher mache, hätte ich gar nicht erst losfahren sollen.

Die Stadt ist touristisch erschlossen, der Marktplatz ein einziger großer Biergarten. Eine einzige große Weinlaube, muss man wohl sagen. In der Eisdiele kann man Riesling-Eis kaufen.

„Das ist ja nett", Dana ist völlig aus dem Häuschen. „Warum wohnen wir in einem Trierer Hotel, wenn es hier so unglaublich schön ist?"

Eine 32.000 Euro-Frage würde ich sagen.

Antwort A) Weil ich es dort besser aushalten kann.

Antwort B) Weil ich es in Saarburg nicht aushalten

kann. Antwort C) Weil wir jetzt ganz dicht an meiner Lebenswunde sind. Antwort D) Ich habe selbst keine Ahnung.

Dana zieht mich zum Wasserfall. Das ist die Hauptattraktion. Ein Wasserfall mitten in der Stadt. Umrahmt von historischen Gebäuden. Die Touristen knipsen sich die Finger wund.

„Mein Gott, ist das tief", Dana beugt sich über die Brüstung. „Das sind ja über zehn Meter." Das ist zu viel. Ich reiße sie zurück.

„Bist du verrückt?", brülle ich sie an. „Stell dir vor, du fällst da hinunter."

Dana starrt mich an. Ich habe sie noch nie angebrüllt. Ich habe überhaupt noch nie gegen sie die Stimme erhoben.

„Hast du sie noch alle?", stößt sie hervor.

Nein, das habe ich nicht. Richard ist nicht mehr da. Meine Mutter war es noch nie. Mein Vater hat mich in die Wüste geschickt, und selbst zu Irene habe ich keinen Kontakt mehr.

„Nur, weil du selbst Höhenangst hast, musst du doch nicht so einen Terror veranstalten." Dana ist stinksauer. Zu Recht.

Ich müsste sagen: „Tut mir leid, ich habe überreagiert." Ich müsste sagen: „Du musst das verstehen. Mein Bruder ist bei einem Sturz ums Leben gekommen, und ich war dabei." Ich müsste sagen: „Es war nicht hier. Aber das spielt keine Rolle. Eine Rolle spielt: Ich bin schuld am Tod meines Bruders."

Ich sage nichts. „Komm erst mal runter!", höre ich Dana rufen, die sich schon ein paar Schritte entfernt hat. „Und melde dich, wenn du dich entschuldigen willst!" Dann verschwindet sie Richtung Burg. Nicht auch das noch! Nicht auch noch zur Burg! Da kann ich nicht hinterher. Da kann ich beim besten Willen nicht hinterher! Ich sehe ihre Gestalt um die Ecke verschwinden und frage mich, ob das mein letztes Bild von ihr ist. Das kann nicht sein. Es darf nicht. So, wie Dana in mein Leben hineingerauscht ist, darf sie nicht wieder verschwinden.

Ich habe sie in Hamburg kennengelernt, meiner Wahlheimat, wo mich am wenigsten an meine Jugend erinnert. Sie saß in dem Café, in dem ich gelegentlich frühstücke, und blickte zu mir herüber. Als mein Gedeck kam, fragte sie, ob sie sich netterweise meine Zeitung ausleihen dürfe. Ich wolle ja sicher jetzt essen. Eigentlich wollte ich essen und lesen. Aber noch lieber wollte ich mit der Frau ins Gespräch kommen, deren grüne Augen mich vom ersten Moment an hypnotisierten. Später kam mir in den Sinn, dass es die Farbe von Weintrauben war, die mich dermaßen anzog. Fakt ist, dass ich noch nie und nie wieder so hellgrüne Augen gesehen habe wie bei Dana.

„Ich kann teilen", sagte ich generös, weil ich nicht wirken wollte wie jemand, der sich die Butter vom Brot nehmen lässt, und weil ich es zudem für einen verlockenden Gedanken hielt, mit dieser Frau meine Zeitung zu teilen.

„Dann nehme ich das Brötchen", sagte die Fremde mit den hellgrünen Augen. Ich lachte. Über die Idee, über ihre Dreistigkeit und weil ich nicht wusste, wie ich sonst reagieren sollte.

Am Ende frühstückten wir zusammen, und ich ging an dem Tag nicht mehr zur Arbeit. Schon allein, weil

Dana am Tag drauf wieder wegmusste. Dana wohnt in Frankfurt. Wir sehen uns nur am Wochenende – und zwar bei weitem nicht an jedem. Dana arbeitet als Mädchen für alles in einer Kanzlei – und sie arbeitet viel. Ich akzeptiere das und sauge, wenn ich sie sehe, so viel Weintraubenfarbe in mich auf, wie es nur geht.

Jetzt ist sie zur Burg, und ich kann nicht hinterher. Die Burg ist eine Festung, unerreichbar für mich. So ist es nun mal.

Verloren strolche ich herum, zweimal habe ich das Handy in der Hand, um Danas Nummer zu wählen, nur: was soll ich ihr sagen? Beide Male stecke ich das Handy schnell wieder weg.

Schließlich lande ich bei „Bonsai & Wein", um eine Weinprobe in Angriff zu nehmen. Der Mann hinter der Theke ist ein Kenner, kein Touristenverkoster. Er kennt sich aus mit dem Saarwein, ich merke es sofort. Ich frage nach dem Gut meines Vaters. Nein, das führt er leider nicht. Man muss eine Auswahl treffen, sagt er. Bei einer Auswahl, so scheint es, ist mein Vater nicht dabei.

Vielleicht ist der Mann hinter der Theke nicht nur ein Weinkenner, sondern auch einer, der sich mit Menschen gut auskennt. Denn während der dritten Probe kommt er noch einmal darauf zurück.

„Es hat ein paar gute Flaschen gegeben", sagt er, entweder um mich zu trösten oder um mich zu informieren. „Aber es fehlt die Kontinuität. Die Tochter probiert zuviel aus."

Irene ist also noch im Geschäft. Wenn auch mit mäßigem Erfolg, wie es scheint.

„Sie sind der Sohn, nicht wahr?"

Beinahe verschlucke ich mich. Worst case.

Es fällt mir schwer, in seine Augen zu schauen. Ich kenne diesen Mann nicht, das habe ich beim Eintreten gecheckt. Warum kennt er mich?

Er scheint meine Frage zu erraten. „Sie sehen aus wie Ihr Vater."

Ich zahle und verlasse den Laden. Es gibt Grenzen. Das müssen auch Fremde verstehen.

Draußen spüre ich den Alkohol. Wenn man zwanzig Jahre nichts getrunken hat, sind drei Gläschen auf nüchternen Magen zu viel. Ich versuche, Dana zu erreichen und bekomme nur ihre Mailbox zu hören. „Es tut mir leid", sage ich. „Es tut mir leid, es tut mir leid, es tut mir leid." Dann fühle ich mich stark genug für die Burg.

Es ist ein kurzer, serpentinenartiger Weg mit einigen Treppen. Dana ist nicht da, dafür kommt die Erinnerung sofort. Mit jeder Stufe, die ich nach oben steige, brennt sie sich tiefer in meine Seele. Oben angekommen, liegt sie vor mir wie ein Film gewordener Albtraum – ein Horrorfilm mit dem Titel „Saarburger Rausch": Richards 25. Geburtstag, den wir hier oben mit ein paar Kumpels feiern. Überwiegend Jungs, aber auch ein paar Mädchen, für die es sich lohnt, den Tarzan zu machen. Wir haben Riesling dabei, Richards ersten großen Wurf. Ein Wein, der von den Winzerkollegen gelobt wird. Ich habe gerade mein Abitur hinter mir und trinke, was das Zeug hält. Auf diese Weise fühle ich mich nicht wie der Youngster, den sie dankenswerterweise mitgeschleppt haben. Ich bin einer von ihnen, einer von den Winzerboys. Ich fühle mich gut, denn ich bin, wie die anderen, mehr als besoffen. Es wird getrunken, gesungen, geredet. Irgendwann gegen halb zwei macht sich eine Truppe vom Acker. Nur der harte Kern bleibt.

Die Auslese.

Richard, sein bester Freund Julian, Pit, Knolle, Irene, Natascha und ich. Auf Natascha sind sie alle scharf. Kein Wunder, Natascha ist scharf. Sie kann es sich leisten, alle abblitzen zu lassen. Mit großem Vergnügen.

Die Idee kommt von Pit, er fängt damit an. „Wetten, dass ich auf der Mauer bis zur Burg laufen kann", sagt er mit mindestens zwei Promille im Blut.

„Hör mit dem Scheiß auf", mosert Irene. „Da geht's fünfzehn Meter in die Tiefe. Und da unten knallst du auf den nackten Stein!"

„Wetten, dass ich's mach?"

Wir stehen dabei und halten den Atem an. Pit läuft die dreißig Meter ohne Probleme. Er läuft, als hätte er kein Glas getrunken. Er läuft, als wäre das seine tägliche Abendgymnastik. Danach wird die nächste Flasche Riesling geköpft. Alle trinken aus der Flasche. Wir sind die Könige der Welt.

Danach wollen alle. Alle Jungs wohlgemerkt.

Julian braucht länger als Pit, aber er schafft's. Zweimal bleibt er stehen und geht in die Knie. Aber er schafft's. Nach dem Lauf wird weitergesoffen.

Dann kommt Knolle dran, dann ich. Ich bin so betrunken, ich kann mich an den Lauf nicht mehr erinnern. Wie in Trance, sagt man mir später, wie ein Schlafwandler laufe ich über die Brüstung – unter mir, zur einen Seite, das gähnende Nichts. Anschließend trinke ich eine halbe Flasche allein.

All das ist weg. Aus meinem Bewusstsein verschwunden. Auch, dass Richard nicht wollte. Auch, dass ich ihn deshalb hochgenommen habe. „Keinen Arsch in der Hose", soll ich gebrüllt haben, „und ausgerechnet du willst das Gut übernehmen?" „Papas Liebling!", hab ich geschrien, „dir wird es doch reingeschoben – hinten und vorn!"

Es ist so klassisch. Der Konflikt unter Brüdern, die um die Liebe des Vaters kämpfen – umso mehr, weil es eine Mutter nie gab. Weil sie weggestorben ist kurz nach der Geburt des jüngeren Sohns. Ich habe keinen Psychologen gebraucht, um mir das erklären zu lassen. Dafür ist es viel zu banal.

Ich kenne die Geschichte, man hat sie mir zweimal erzählt – und seitdem habe ich sie in vielen Nächten durchlebt. Wir waren schon auf dem Weg nach unten, da ist Richard doch schwach geworden. Da habe ich ihn mit meinen Worten so weit gereizt, dass er es doch machen wollte. Er ist umgedreht und wieder nach oben gegangen. Irene wollte ihn noch abhalten und ist hinterher. Natascha ist ihr gefolgt. Und ich auch.

„Du traust dich ja doch nicht!", hab ich gebrüllt. „Du traust dich ja nicht!"

Alles war dunkel. Die anderen konnten ihn von unten nicht sehen. Aber sie haben ihn gehört. Er hat geschrien im Fall. Dann das Geräusch, als er aufgeknallt ist. Nach ein paar Schrecksekunden ist Julian runter in die Stadt und hat Sturm geklingelt, um einen Krankenwagen zu rufen. Der Notarzt konnte nichts mehr ausrichten. Richard war auf der Stelle tot.

Irene erzählte meinem Vater, ich hätte meinen Bruder von der Brüstung gestürzt. Man behielt es für sich. Mein Vater, Irene, Natascha. Man schützte mich. Um mich dann zum Teufel zu jagen. Den, der seinen Bruder im Suff von der Brüstung gestürzt hat.

Vermutlich ist es wahr. Vermutlich habe ich die Erinnerung an all das in meinem Innersten versteckt. Eingelegt in eine Suppe von Riesling lagert sie dort und will nicht ans Licht. Ich weiß schon, warum ich nicht zum Psychologen gehe. So bewahre ich die Hoffnung, ihn nicht gestoßen zu haben. So kann ich weiter mit der Möglichkeit leben, dass er allein gefallen ist. Dass Irene es falsch gesehen hat. Dass ich ihn nicht angefasst habe. Dass ich ihn nur – nur! – mit meinen Worten in die Tiefe gestürzt hab. Was gäbe ich darum, wenn es so wäre!

Andererseits: Er wäre noch immer kein bisschen da. Er würde mir noch immer fehlen, während ich über die Brüstung gebeugt stehe und das Wasser aus mir herausläuft. Es dauert eine halbe Stunde, bis ich die Tränen wegwischen kann. Ein weiteres Mal versuche ich, Dana zu erreichen. Wieder nur die Mailbox.

„Ich hatte einen Bruder", sage ich nach dem Piep. „Ich habe ihn in die Tiefe gestürzt. Mit Worten – vielleicht auch mit mehr. Entscheidend ist: Ich habe ihn in die Tiefe gestürzt. Dort suche ich ihn jetzt. Seit zwanzig Jahren suche ich ihn. Ich weiß nicht, ob man mit mir leben kann. Aber vielleicht ist es ja möglich. Dann melde dich bei mir. Melde dich einfach!" Es piept. Meine Nachricht hat gerade auf die Mailbox gepasst. Ich halte es für möglich, dass Dana einfach abgereist ist. Dass sie meine Nachrichten nicht mehr abhören wird. Dass sie mit dem Zug nach Trier gedüst ist – und von dort aus mit ihrem Auto verschwindet. Alles ist möglich. Damit kenn ich mich aus.

Auf dem Rückweg zum Auto überlege ich, zum Bahnhof zu fahren – oder nach Trier ins Hotel. Stattdessen fahr ich zu Richard. Ich fahre nach Wiltingen. Hier wachsen die Perlen des Saarweins. Hier steht der berühmte Scharzhofberg. Hier ist der Friedhof. Hier tut es richtig weh.

Es dauert eine Weile, bis ich aussteigen kann. Ich muss mich vorbereiten auf diese Begegnung.

Dann stehe ich bei ihm. Ich stehe bei ihnen.

Magdalena Anna Merbes, geboren 1938, gestorben 1972.

Richard Johannes Merbes, geboren 1965, gestorben genau 25 Jahre später: 1990.

Im Kreuz ist Leid. Im Kreuz ist Heil. Im Kreuz ist Leben.

Richard und ich sind bislang nur bis zur ersten Stufe gekommen. Aber vielleicht ja auch nicht. Vielleicht ist Richard schon weiter.

Auf dem Grab jedenfalls stehen frische Blumen. Das wundert mich nicht. Mein Vater wird sich schon kümmern um seine Lieben. Ich schlucke den Gedanken hinunter. Er enthält einen säuerlichen Geschmack, den ich mir nicht erlauben darf. Ich bin der Mörder meines Bruders. Es ist nur recht und billig, dass mein Vater um die trauert, die er am meisten geliebt hat.

Auf dem Grabstein sind Reben zu sehen. Trauben. Eine Winzergattin ist gestorben. Und ein Jungwinzer. Kein anderes Symbol würde passen.

Was würde auf meinem Grabstein stehen? Wahrscheinlich gar nichts. Wahrscheinlich nicht mal ein Grabstein. Ich wende mich zum Gehen. Für Selbstmitleid hat es an diesem Grab keinen Platz.

Ich laufe ihn beinahe um. Er ist lautlos gekommen. Obwohl er an einem Stock geht, ist er lautlos gekommen. Und ich sehe, was der Mann in der Stadt prophezeit hat: Ich sehe aus wie er.

„Alexander", sagt er, die Augen vor Überraschung geweitet.

„Richtig", antworte ich. 500 Euro, liegt mir auf der Zunge. Ich halte es zurück. Das kann ich nicht bringen. Nicht nach zwanzig Jahren ohne ein Wort.

„Du bist gekommen."

Zu Richard, möchte ich sagen. Nicht zu dir. Doch ich schweige.

Sein Körper wirkt tattrig. „Ich habe dich gesucht."

Warum, geht es mir durch den Kopf. Um mich A) zur Rede zu stellen, um mich B) zur Rechenschaft zu ziehen, um mich C) umzubringen oder um mich D) –

„Ich wollte so gern mit dir sprechen."

Eine Antwort, die ich so nicht einloggen kann.

„Ich muss mit dir sprechen."

Seine Stimme hat sich verändert. Sie ist sanfter geworden. Was will er? Versöhnung? Rache? Mich in den Knast bringen?

„Irene", sagt er erregt.

Was ist mit Irene? Was ist mit meiner Schwester? Ist sie auch tot? Sind wir beiden die Letzten – mein Vater und ich?

Er spricht nicht weiter, kommt stattdessen einen weiteren Schritt auf mich zu. Ich will etwas sagen und merke erst jetzt, dass das unmöglich ist. Dass auch ich am ganzen Körper zittere. Dass in meinem Inneren ein Korken ist, der alles verschließt. Ich kann nicht mehr sprechen. Nicht mehr mit ihm.

„Sie – " Er hustet. Es hört sich nicht gut an.

„Was ist mit Irene?" Auch ich höre mich nicht gut an. Ich klinge heiser und hoch, aber immerhin bekomme ich die Worte heraus. „Sie ist doch nicht etwa – ?"

„Diese Freundin", krächzt mein Vater, „diese Natascha."

Ich blicke in die Ferne, über die Weinberge.

„Sie hat – sie war – "

Ein Schmalspurtraktor steht am Berg. An der Lage Schloßberg. Ein Arbeiter ist wenige Meter entfernt im Weinberg beschäftigt.

„Sie hat Irene damals erzählt, du hättest deinen Bruder gestoßen. Und Irene hat es mir erzählt, als habe sie es selber gesehen. Dabei war sie gar nicht dabei. Sie ist nach unten gelaufen, um Hilfe zu holen."

Er geizt die Rebstöcke aus, nehme ich an. Er entfernt alles, was das Wachstum der Trauben behindert.

„Ich habe das für bare Münze genommen. Schließlich hast du deinen Bruder immer ... wie soll ich sagen ... du hast ihn nicht besonders gemocht."

Der Arbeiter hat sich fast bis zur Kuppe gekämpft. Er ist stehengeblieben und streckt sein Kreuz durch. Aus Erfahrung weiß ich: Die Arbeit ist hart.

„Diese Natascha jedenfalls hat Irene und mich auf dem Gut unterstützt. Nicht lange, und sie ist sogar eingezogen bei uns. Aber das ging nicht lange gut. Irgendwann ist es zum Streit gekommen zwischen den beiden. Kein Wunder, diese Natascha hat sich überall eingemischt, hätte am liebsten die Geschäfte ganz übernommen", seine Stimme wird bitter, „ich fürchte, man muss davon ausgehen – also, Irene und diese Frau ... Du kannst dir nicht vorstellen, wie ich auf Irene eingeredet hab. Bis heute habe ich ihr nicht das Gut übertragen."

Das Wetter ist gut. Dann und wann ein sanfter Regen in den letzten Tagen, viel Sonne. Die Triebe dürften ordentlich sprießen.

„Diese Natascha ...", er hustet wieder. Sein ganzer Körper wird durch den Husten erschüttert. In seiner Not stützt er sich auf den Grabstein. Ich konzentriere mich indessen weiter auf den Mann auf dem Berg. „Irene ist inzwischen sicher, dass Natascha damals nicht die Wahrheit gesagt hat. Dass sie dich angeschwärzt hat, damit Irene als sichere Nachfolgerin einsteigen kann und sie – bei uns den Fuß in die Tür kriegt."

Langsam wende ich den Kopf. Sehe meinen Vater. Sehe Richard. Sehe mich.

Es rauscht in meinen Ohren. Ich weiß nicht, ob ich mich noch lange aufrecht halten kann.

„Geh!", krächze ich und wundere mich selber, dass man mich hört. „Hau einfach ab!"

Erst als ich sehe, dass er es tut – widerwillig zwar, nein, eher enttäuscht – hocke ich mich. Ich hocke mich nieder auf die Grabsteinbegrenzung. Ich müsste weinen und schreien. Aber in mir ist nur ein Staunen. Ein tiefes, ungläubiges Staunen. So staunt man, wenn das eigene Leben verraten und verkauft worden ist.

Im Auto denke ich, ich sollte mich leicht fühlen, aber ich fühle mich dumpf.

Dieses kleine Gefühl hat gestimmt. Dieses kleine Gefühl, dass ich ein kleines bisschen unschuldig bin. Es wurde erdrückt von dem großen Gefühl: Du bist ein Mörder!

Das Auto fährt wie von selbst. Ich will gar nicht hin, nur etwas in mir will dorthin. Vielleicht ist es das kleine Gefühl, das plötzlich Raumgewinn hat.

Es ist angebaut worden. Das Haus ist in recht gutem Zustand. Auf einem Schild ist zu lesen, dass es hier

Flaschenverkauf gibt. Ich fahre vorbei und trete dann voll auf die Bremse. Dana ist hier. Ihr weinroter Golf steht an der Straße. Nachdem ich ihr Nummernschild achtundzwanzigmal studiert habe, weiß ich: Sie ist es leid. Sie will wissen, was hier gespielt wird. Was es auf sich hat mit meiner Kindheit. Es rührt mich beinah, dass sie so um mich kämpft. Sie will mich – und dazu muss sie wissen, wie es um mich steht. Trotzdem: Es dauert eine Weile, bis ich mich aufmachen kann. Dann, endlich, ist der Drang groß genug, sie bei mir zu haben. Ihr meine Version zu erzählen. Ihre Hand in meiner zu spüren.

Mein Vater öffnet die Tür. Seine Augen werden zu Tellern. „Alexander", sagt er. Krächzt er. Mehr sagt er nicht.

„Dana ist hier", bringe ich heraus. Es soll beiläufig klingen, aber es klingt einfach nur kühl.

Er dreht sich um, als müsste er sich erst verge-wissern.

Dann steht sie im Türrahmen zur Küche und schaut mich an. Sie sieht unsicher aus. Ich hoffe, mein Vater hat ihr nicht zu sehr zugesetzt. Außerdem hoffe ich, sie kann damit leben. Dass ich einen Vater habe, der lebt. Und einen Bruder, der tot ist. Und dass ich ein Schatten meiner selbst bin, denn der, der ich war, konnte ich über viele Jahre nicht sein.

„Dana", sage ich und endlich – sie lächelt. Vorsichtig irgendwie. Fragend.

„Warum bist du hier?", will ich wissen, obwohl ich die Antwort schon kenne. Dana hat endlich die Wahr-heit wissen wollen. Sie hat genug gehabt von meinem kindischen Verhalten. Sie hat mein Elternhaus sehen

wollen, um mich endlich und für immer kennenzu-
lernen.

„Irgendwie musste ich doch deine Adresse bekommen", antwortet anstelle von Dana mein Vater, „Frau
Everling hat keine vier Tage gebraucht, um dich zu
finden."

Ich fahre herum. Starre ihn an, meinen Vater.

Frau Everling. Dana. Ich versuche, die Gedanken
zusammenzubringen. Gleichzeitig sträubt sich alles, sie
zusammenzubringen.

„Dana", raune ich und drehe mich zurück, „sag, dass
das nicht wahr ist!"

Sie antwortet nicht. Da ist nur Entsetzen in ihrem
Blick. Trauer. Vielleicht sogar Angst.

„Dana", sage ich lauter, „sag einfach, dass das nicht
stimmt!"

Sie weicht zurück, ohne sich zu bewegen. Die Frau
meines Lebens zieht sich zurück, wird kleiner, verschwindet fast unter meinem Blick.

„Alexander", versucht mein Vater etwas Gutes zu
sagen, ohne zu wissen, was er falsch gemacht hat,
„irgendwie musste ich dich doch ausfindig machen."
Er hebt die Hand. Will er mich streicheln? Will er
mich schlagen? Schließlich fährt er sich verlegen über
den Kopf. „Deshalb habe ich Theis angesprochen.
Brecken Theis. Den kennst du doch noch! Sein Sohn ist
Rechtsanwalt und hat diese Kanzlei. In Frankfurt hat er
eine Kanzlei als Jurist. Und ich habe gedacht, vielleicht
kann die deine Adresse ausfindig machen, und Frau
Everling hat tatsächlich dazu keine vier Tage gebraucht.
Ich habe dir geschrieben. Zweimal. Aber du hast nicht
geantwortet. Hast du meine Briefe gelesen?"

Er erwartet eine Antwort. Ich gebe sie ihm nicht. Ich gebe ihm nichts mehr.

„Dann habe ich Frau Everling gebeten, persönlich Kontakt aufzunehmen, um herauszufinden, wie es dir geht – und ob du dir einen Kontakt vorstellen kannst."

Ich schlucke. Den Rest kenne ich. Sie hat mich im Café abgefangen. Sie hat mich angequatscht und mit mir mein Frühstück geteilt.

„Alex", Danas Stimme klingt verzweifelt, „versteh das nicht falsch! Was dann passiert ist mit uns, dem ist nichts genommen."

Alles dreht sich. Die Fußmatte zu meinen Füßen, die Treppe, die sich im Inneren auftut, Danas Gesicht. Eine Welle überrollt mich, eine Welle viel größer als die Wellen, die ich schon kenne. „Sag, dass das nicht wahr ist!", wiederhole ich stumpf. „Sag einfach, dass das nicht stimmt!"

Dana sieht mich an. Ihre traubengrünen Augen sind mit Tränen gefüllt.

„Ich konnte doch nicht ahnen, dass ich mich schon nach fünf Sekunden in dich verliebe."

„Warum", wispere ich, „warum hast du mir denn gar nichts gesagt?"

„Aus Angst?" Es ist mehr eine Frage als eine Antwort. Aus Angst.

„Aber worauf kann ich dann überhaupt noch bauen?" Das Drehen der Gegenstände hat sich gelegt, dafür sehe ich jetzt alles verschwommen. Meine Augen sind bis zum Rand mit Tränen gefüllt. Und dann, in einem Anflug von Ironie, kommt mir in den Sinn, dass das vielleicht die 1-Millionen-Euro-Frage ist. Worauf – kann – ich – bauen?

Darauf, dass ich ein Mörder bin? Darauf, dass man mich auf einen vagen Hinweis hin in die Wüste geschickt hat? Darauf, dass ich für meine Freundin nur eine Geschäftsbeziehung bin ...?

„Bau auf mich!", unterbricht Dana meine Gedanken und macht einen Schritt auf mich zu. „Ich bitte dich, Alex, bau auf mich!"

D wie Dana, denke ich. Irgendwie schrill.

„Ich weiß nicht", sage ich und drehe mich weg, wohlwissend, dies ist die letzte Frage – die schwerste, die mir jemals gestellt worden ist. Eine Frage, die eigentlich einen Joker verlangt. Nur habe ich keinen. Meine Hände sind leer.

Vielleicht gibt es ja noch andere Auswahlmöglichkeiten, denke ich auf den paar Schritten zum Auto. Welche, die auf der Anzeigetafel nicht aufgeführt sind. Als wollte ich sie suchen, lasse ich meinen Blick schweifen, sehe den Weinberg meines Vaters hinter dem Haus. Sehe aus der Ferne: Er muss ausgegeizt werden.

Ich drehe mich um. Dana ist mir nachgekommen. Sie steht einige Schritte von mir entfernt. In ihrem Blick liegt ein Sehnen. Die Schwere von Wein.

„Ich muss dir etwas zeigen", bringe ich nach einigem Zögern hervor. „Ich möchte dir zeigen, wie der Riesling ausgegeizt wird."

Sie springt mir in den Arm, dreht mich, küsst meinen Hals. Ich habe mich entschieden und spüre: Auch Liebe ist wie ein Rausch.

Highway to Hellefeld

„Hölle noch mal!" Bruce war sauer. Sehr sauer. Kein Wunder. Das Industriegebiet in Freienohl sah aus wie geleckt. Keine Metallrohre, keine Drahtrollen, nichts. Offenbar hatte man gerade heute alles im Innern verstaut. Oder eingebaut. Oder verkauft.

Ich sah, wie Bruce überlegte. Das dauerte in der Regel recht lange, weil es ihm da ein wenig an Hardware mangelte. Ich lehnte mich deshalb entspannt auf meinem Fahrersitz zurück – nur um festzustellen, dass das eigentlich nicht ging. Die Karre, mit der wir derzeit unterwegs waren, war so ziemlich das Schrottigste, was Bruce uns jemals zugemutet hatte. Okay, Schrott war Bruces Spezialität. Tagsüber fuhr er dudelnderweise durch Wohngebiete und sammelte Altmetall. Nachts sammelte er auch, aber ohne Einwilligung der Besitzer. Und das Sauerland war reich. Reich an Metall. Etliche Firmen, die damit arbeiteten. Die es aber, wie wir heute zu spüren bekamen, auch immer besser verstauten. Das waren die Nächte, in denen wir ausweichen mussten auf den eher privaten Bereich. Wir hatten schon überall Metall abgezogen. In Freinohl beim letzten Besuch die Regenrinne am Clubhaus des Tennisvereins – dasselbe beim Sportverein Bachum. Wir hatten in Olpe den Handlauf an der Ruhrbrücke mitgehen lassen – und in Meschede hatte sich Bruce sogar am Kupferdach einer Realschule bedient. Ich weiß noch wie heute, dass Stani sich damals tierisch aufgeregt hat. Weil Schule. Und weil katholische Schule. Das mit katholisch stand außendran. Und als Stani das Schild entdeckte, war Stimmung im Kessel. Stani ist Pole. Die sind ja alle ziemlich katholisch. Also noch mehr als im Sauerland jetzt. Stani würde der Kanzlerin die Schrauben aus dem Stuhl ziehen, auf dem sie grade sitzt, aber wenn es um die Kirche geht, kennt Stani kein Erbarmen. Da rechnet er mit allem. Wer der Kirche Kupfer abnimmt, der muss in der Hölle schmoren, denkt Stani. Und zwar bei Temperaturen, von denen sauerländische Schmelzöfen bis heute nur träumen.

Insofern war es eine schlechte Idee, die Bruce da im Industriegebiet Freienohl überkam. „Waldfriedhof", sagte er und zeigte auf ein Schild. „Da fahren wir hin."

Ich warf einen vielsagenden Blick nach hinten, wo unser Musterpole saß und wegen des Höllenlärms des Dieselmotors noch nichts mitbekommen hatte. Immerhin – Bruce verstand meinen Hinweis. „Scheiß drauf!" war seine Antwort.

Es ging den Berg hinauf, die Schilder zeigten den Friedhof an und etwas, das „Küppelturm" hieß. Für kurze Zeit hatte ich noch Hoffnung, dass vielleicht zuerst dieser Turm kam und dass es dort was zum Mitnehmen gab, so dass uns der Friedhof erspart blieb. War aber nicht. Erst kam der Friedhof – in weltbester Wohnlage über dem Ort.

„Na dann", brummte Bruce und griff nach der Flex. Das war der Moment, in dem Stani begriff. „Is' das Friedhof?"

„Nein, ein Endlager", schnauzte Bruce ihn an und war schon aus dem Laster.

Ich folgte ihm mit der Taschenlampe. Stani blieb im Auto sitzen und bekreuzigte sich in einer Tour.

„Scheiße", sagte Bruce. Das war sein Lieblingswort. Was er meinte: Sehr viel Stein, sehr viel Holz. Wenig Metall. Hier mal eine Grableuchte, die er mir zuwarf, dort ein Kreuz aus Metall – und dann sahen wir ihn: einen Engel. Ganz modern. Zwei Meter hoch – und aus Metall! Bruce pfiff durch die Zähne und zückte die Flex. Drei Minuten, dann war der Engel freifliegend. Es war gar nicht so leicht, ihn zum Auto zu kriegen. Weil groß und schwer und mit scharfen Kanten.

Stani stand vor dem Laster und hatte die Hände gefaltet. Als er uns kommen sah, entfuhr ihm ein Schrei. „Is' das Engel?", kreischte er.

„Nicht so richtig", beruhigte ich ihn. „Sieht der etwa aus wie die Engel in Polen? Kein Gold, keine dicken Backen, keine Locken. Das hier ist eher ein Hungerlappen mit Flügeln."

„Nu, hat Fligel", wisperte Stani, „is' Engel."

Bruce schickte sich an, den Engel auf die Ladefläche zu wuchten. Doch Stani stellte sich ihm in den Weg.

„Nich' mitnehmen", verlangte er eindringlich, „wird Cherrgott uns niemals verzeihn."

„Mach Platz!", grunzte Bruce.

Dann war plötzlich ein Auto zu hören. Intuitiv knipste ich die Taschenlampe aus.

„Nu, is' Strafe da", wimmerte Stani, „is' schon da."

„Mach dich weg!", brüllte Bruce.

„Nich' auf Wagen", hielt Stani ihm stand. „Ich nehm' mit rein. Engel auf Ricksitz – nich' hinten drauf."

Ich muss sagen, Bruce war eigentlich nicht der Typ, der sich etwas vorschreiben ließ. Er war unser Chef. In diesem Fall aber sagte ihm sein Minimalverstand wohl, dass es günstiger wäre, den Engel mit in die Fahrerkabine zu nehmen als mit ihm und einem wimmernden Stani am Bändel erwischt zu werden.

„Scheiße noch mal!", fluchte er. Dann hievten wir den Engel ins Auto. Als ich endlich auf dem durchgesessenen Fahrersitz Platz nahm, war Stani zum Engel auf den Rücksitz geklettert und bekreuzigte abwechselnd sich und den Engel. In dem Moment kam mir der Ausdruck „Höllenfahrt" zum ersten Mal in den Sinn.

Es war der Horror. Nicht nur, weil uns auf dem Friedhofsweg ein Auto entgegenkam, dessen Fahrer interessiert ins Wageninnere blickte. Auch, weil Stani abwechselnd betete, klagte und die himmlische Rache beschrieb, die uns dreien zuteil werden würde.

„Scheiße noch mal!", stimmte Bruce schließlich ein Wutgebrüll an. „Halt endlich den Rand, sonst wirst du dem Herrgott schneller begegnen, als du bislang zu träumen gewagt hast!"

Es wirkte. Stani hielt den Rand. Oder besser – er stieß von nun an seine Stoßgebete nur noch im Flüsterton aus.

Die Ruhe tat gut. Die Ruhe sorgte dafür, dass ich mal nachdenken konnte.

„Hast du die Nummernschilder gewechselt?", fragte ich Bruce. Der Typ auf dem Friedhofsweg hatte sich mit Sicherheit unsere Nummer gemerkt.

„Hältst du mich für blöd?"

Ich war froh, dass Bruce keine Antwort erwartete.

„Das war das letzte Mal, dass Stani dabei ist", murmelte Bruce.

„Ach, Willi ..."

Bruce fuhr herum. „Sag nicht Willi zu mir!"

Ich hob beschwichtigend die Hand und lachte mich

innerlich kaputt. „Alles klar, Bruce, tut mir leid."

Ab und zu erlaubte ich mir das. Ihn Willi nennen, obwohl er Bruce genannt werden wollte – wegen Bruce Willis. Es war so lächerlich. Das Einzige, was Bruce und Bruce Willis gemein hatten, war ihre Glatze. Ansonsten wog Schrotthändler-Bruce 50 Kilo mehr als sein Vorbild, verfügte aber im Gegenzug nur über einen Bruchteil seiner Intelligenz. Und wenn man jetzt die Ex-Ehefrauen verglich ... Die Ex-Frau von Schrott-Bruce sah jetzt nicht so aus wie Demi Moore. Wenn prominent, dann eher Cindy aus Marzahn. Aber immerhin: Schrott-Brucies aktuelle Freundin war richtig hübsch. Ein Wunder, wie sie es mit diesem Ekel-Proll aushielt. Na ja, vielleicht stand Biggi ja drauf, wenn Männern der weiß-behaarte Schmerbauch zwischen den Hemdknöpfen rausquoll. Im schlimmsten Fall hatte sie aber einfach nur Schiss, sich von diesem Brutalo zu trennen.

„Was machst du da?" Eine berechtigte Frage von Bruce. Denn Stani hantierte hinten mit dem Engel herum.

„Liegt nicht gut – Engel."

Mir war nicht ganz klar, wie ein Engel zu liegen hatte. Fakt war, dass Stani ihn aus dem Fußraum haben wollte. Fakt war auch, dass Kopf und Flügel offenbar hoch liegen sollten.

„Aua!", schrie Bruce. Die Sitze hatten keine Kopf-stütze. Eine der Flügelspitzen hatte seinen Nacken ge-streift.

„So besser", keuchte Stani von hinten. Er hatte Glück, dass Bruce ihm nicht schon längst die Finger gebrochen hatte.

„Was machen wir jetzt?" Ich war bislang ohne Ziel und Anweisung durch die Gegend gefahren. Durch

Freienohl hindurch, Richtung Autobahn. Der Engel war nicht viel an Ausbeute, aber bei dem ganzen Stress im Auto wäre ich gern sofort zurück nach Wanne-Eickel gefahren. „Nach Hause?"

Bruce überlegte. Das konnte Ewigkeiten dauern. Auf jeden Fall länger als bis zur Autobahnauffahrt.

„Scheiße!", sagte Bruce. Und diesmal hatte er Recht. Ein Streifenwagen an der Autobahnauffahrt. „Fahr einfach vorbei!"

Mir schoss alles Mögliche durch den Kopf. Wie viele Monate kriegte man für einen abgeflexten Engel? Bekam man dafür im Sauerland mehr als anderswo? So viel wie in Polen vielleicht?

„Is' schon Strafe", beschwor uns Stani von hinten, „is' schon Strafe von Gott."

„Wohin?" Ich war angespannt. Ich hatte keinen Bock auf ein Verfahren. Wer weiß, was die uns alles anhängen konnten!

„Hellefeld!", sagte Bruce, als hätte er einen Geistesblitz. Wobei – zu einem Geistesblitz gehört ja auch Geist. Mit seiner Hammerpfote zeigte er auf ein Schild am Straßenrand, vor einem Pferdezubehörladen: *„Großes Reitturnier in Hellefeld."*

„Da wohnt mein Vetter. Falls die Polizei hinter uns her ist, können wir dort die Karre abstellen."

Super Idee, war mein erster Gedanke. Wenn uns die Polizei verfolgt, können wir sie mit dieser Karre problemlos abhängen. Und dann retten wir uns zu Bruces Vetter, der sicherlich schon eine Doppelgarage bereitgestellt hat.

Ich warf einen Blick in den Rückspiegel. Der Polizeiwagen folgte uns nicht. Wenn wir Glück hatten, war das eine Standardkontrolle gewesen. Ich fasste einen Entschluss: Nächste Autobahnauffahrt, ab nach Wanne-Eickel und dann nie wieder ein Job zusammen mit Bruce.

Dann kam uns der nächste Streifenwagen entgegen.

„Scheiße!", sagte Bruce erwartungsgemäß. „Bieg rechts ab!"

Rechts ging es nach Calle und Reiste und zum Flughafen Schüren. Was wollte Bruce? Den Flieger nehmen?

„Is' schon Strafe", wimmerte Stani mit dem Engel im Arm, „is' schon Strafe von Gott."

Ich sah, dass Bruce seinen Körper gefährlich verspannte.

„Heiliger Stanislaus", begann Stani jetzt hinten eine Einzelansprache, „beschitze uns auf diese Weg – "

„Stani?" Bruces Stimme war drohend.

„Kennt ihr nich' Heilige Stanislaus? Is' Heilige von Krakow, mein Heimat. Mein wunderbares Heimat", Stanis Stimme wurde weinerlich. „War Bischof von Krakow, Heilige Stanislaus, hat er König verwarnt, weil machte Ehebruch, wurde ermordet von König, bei Heilige Messe, wurde erschlagen von König, und Teile von Körper wurde gestreut auf Acker. Heilige Stani– "

„Die Polizei ist weg", sagte ich mit Blick in den Rückspiegel – auch, um Bruce von unserem polnischen Freund abzulenken, dem er sonst in den nächsten Minuten das Genick brechen würde. „Machst du mal Musik?"

Musik war gut. Bruce würde sich beruhigen. Stani vielleicht auch – und wenn nicht, konnte man zumindest seine Gebete nicht hören. Das Problem war nur: Bruce. Als er den Knopf drückte, ging der Außen-lautsprecher an. „Highway to Hell" – volles Rohr in die sauerländische Landschaft.

„Scheiße!", sagte Bruce zum hundertsten Mal. Er brauchte zwei Minuten, bis er das Gerät korrekt ein-gestellt hatte. Die sauerländischen Kühe hatten wahr-scheinlich erstmalig AC/DC gehört. „Hellefeld", sagte er dann. „Da fahren wir hin."

„Highway to Hellefeld", murmelte ich. Bruce be-trachtete mich von der Seite. Mit Sicherheit hatte er den Gag nicht kapiert.

Der nächste Ort hieß Stesse. Stresse hätte für uns eigentlich besser gepasst. Links kam ein Schild, auf dem „Hypnosetrend" stand. Stani sprach hinten immer noch mit seinem Namenspatron. Ich hätte ihm gerne eine Hypnose verpasst.

Dann kam ein Pruschhof mit alten Autos, Rohren und Reifen. Ich sah, dass Bruce zuckte. Dann fiel ihm offenbar die Polizei wieder ein. „Hellefeld", sagte er nur.

„Highway to Hell", ergänzte ich stumm und ver-suchte, mich auf die Umgebung zu konzentrieren.

Ich muss gestehen, ich finde diese sauerländischen Dörfchen ja toll.

„Kirchspiel Calle" – der Name allein. So richtig idyl-lisch. Und dieses nette weiße Kirchlein. Okay, AC/DC war da nicht die passende Hintergrundmusik, aber ich konnte es trotzdem genießen. Klar, die sauerländische Landschaft sah man wegen der Dunkelheit nicht, aber die Geschlossenheit der Orte, die Fachwerkhäuschen – das war schon echt fein. Irgendwann würde ich da wohnen, sagte ich mir. Kein Bruce, kein Himmelfahrtslaster, der längst auf den Schrott gehört hätte – stattdessen ein anständiger Job, eine anständige Frau, ein Häuschen, wie man die im Sauerland inzwischen günstig bekam.

„Heiliger Stanislaus", betete Stani gegen Bruces Rockmusik an, als in Berge ein Hinweis auf die Luzia-Kapelle kam.

„Ist nicht mehr weit", versuchte ich ihn zu beruhigen – auch wenn dazu kein Anlass bestand. Mal im Ernst: Was sollten wir in Hellefeld? Mit dem Engel – mit Stani – mit Bruce ... Das war für den Eimer.

„Scheiß Tour", sagte Bruce. „Nichts mitgebracht außer dem Engel."

„Von wem kam denn die Info?", wollte ich wissen. „Von wegen Industriegebiet Freienohl."

„Von Biggi", Bruce spie die Worte aus. „Scheiß Schlampe – schickt uns da in die Pampas. Die kriegt was zu spüren."

„Wahrscheinlich wusste sie nicht – ", versuchte ich mich für Biggi in die Bresche zu werfen.

„Wahrscheinlich wusste sie nicht", äffte Bruce mich nach. „Ist mir doch egal. Kann sie nicht machen, Scheiß Schlampe."

„Nu, spricht man nicht so über Frauen", sagte Stani von hinten. Er würde vermutlich gleich die Heilige Luzia anrufen.

„Maul halten! Ich spreche, wie ich will", Bruces Stimme kippte. So sehr er sich zuvor zusammengerissen hatte, jetzt explodierte er – drehte sich nach hinten und brüllte Stani hemmungslos an. „Scheiß Schlampe. Scheiß Polen. Scheiß Engel!"

Ein Blick in den Rückspiegel zeigte mir Stanis entsetztes Gesicht. Er schien zu überlegen, was ihn mehr aufregen musste. Die Schlampe, Polen oder der Engel. Dann riss er die Augen noch weiter auf. „Hellefeld rechts!", brüllte er.

Ich stieg in die Eisen. Vollbremsung. Und dann passierte es: Stani flog nach vorn – mir in den Rücken. Der Engel flog nach vorn – Bruce in den Hals. Wir schlingerten kurz, dann brachte ich den Wagen zum Stehen. Ich musste dreimal durchatmen, dann schaffte ich es, zu Bruce hinüberzugucken. Er hatte die Augen weit geöffnet. Aus seinem Hals schoss Blut wie aus einer Fontäne. Die Flügelspitze hatte sich wie eine Messerspitze in seine Halsschlagader gerammt.

„Ach du Scheiße!", entfuhr es mir. Dabei bemühe ich mich, niemals Scheiße zu sagen.

„Heiliger Bimbam!", stotterte Stani. Wahrscheinlich mangels Namenspatron für jemanden wie Bruce. Den Heiligen Bruce gibt es ja nicht. „Is' tot?"

„Noch nicht ganz", stellte ich fest. Eine Minute später konnte ich die Frage allerdings mit „Ja" beantworten. Wieder einmal hatte Bruce sich nicht an sein Vorbild gehalten. Mit „Stirb langsam" war nichts gewesen.

„Un' jetz'?", fragte Stani.

Sonst hatten wir ja immer auf Willi gehört, das war jetzt vorbei.

„Highway to Hellefeld", wisperte ich. Ich hatte das Schild von wegen Kompostieranlage gesehen.

Um es kurz zu machen: Mit Schlössern komme ich ziemlich gut zurecht. Wir haben Bruce dem Biokompost untergemischt. Wenn er Glück hat, wird er demnächst in Einzelteilen auf die Felder gestreut. Wie der Heilige Stanislaus, wenn man so will. Mit dem Engel wussten wir nicht so recht. Einen wirren Moment lang hatte ich die Idee, ihn neben dieser Holzfigur in Hellefeld unterzubringen. „Butter Bettken" heißt die Figur – in Hellefeld wohl eine echte Promi-Marktfrau von früher. „Butter Bettken meets angel" hab ich einen Moment lang gedacht, dann aber entschieden, den Engel besser bei uns zu behalten. Wegen Spuren und so. Um genau zu sein, habe ich ihn drei Nächte später an die alte Stelle gelötet. Das hatte ich Stani versprochen, der sich im Gegenzug zur Wallfahrt nach Krakau aufgemacht hat. Stani ist ein netter Kerl, aber in Krisensituationen nicht zu gebrauchen. Biggi dagegen ist in Krisensituationen sehr gut. Sie hat am nächsten Morgen ohne Federlesens unseren Laster in die Presse geschickt. Den hätte man ja im Leben nicht mehr sauber gekriegt, außerdem war er ja eh nur noch Schrott.

Mit Biggi ziehe ich demnächst ins Sauerland. Es soll ein richtiger Neuanfang werden. Calle, Berge, sowas in der Art. Dort ist nicht viel los – also, Dorfleben schon – aber eben nichts Schlimmes. Polizei fährt dort nur rum, wenn mal die Kanzlerin kommt. Zur Wahlkampf-unterstützung, wenn eine Landtagswahl ansteht.

Mit Biggi und mir, das wird gut. Das Leben ist einfach zu kurz, um es zu schrotten.

Lebenslänglich Bettina

Volker war am Ende. Sie waren alle am Ende. Dieter, Rudi, Lena, Rainer, Frank ...

Die ganze Nacht über hatte Kyrill gewütet. Der Orkan hatte Dächer abgedeckt, Zäune umgeblasen und etliche Bäume geknickt. Selbst auf das Dach des Feuerwehrhauses waren zwei Stämme gefallen. Und einer hatte noch dazu die Gasleitung erwischt. Sie hatten es erst gemerkt, als plötzlich so ein Geruch in der Luft gelegen hatte, während einer kurzen Pause draußen im Hof.

„Wer hat denn hier einen fahrenlassen?", hatte Uwe gefragt. Wie man das halt so sagt. Dann hatten alle geschnuppert, die drum herum gestanden hatten. „Das riecht nach Gas", hatte schließlich Ludger gesagt. Und dann waren sie ganz schnell geworden.

Verdammte Hacke, der Sturm machte einen fertig! Gestern in den Abendstunden hatte es das Führerhaus eines Lastwagens erwischt. Das muss man sich mal vorstellen! Da steht eine Buche ein paar hundert Jahre in der Gegend herum und gibt genau in der Sekunde dem Sturm nach, als ein LKW vorbeifährt. Der Stamm war volles Rohr auf die Kabine gekracht. Der Fahrer hatte das Malheur nur überlebt, weil er sich im letzten Moment auf die Seite geschmissen hatte. Er hatte überlebt, allerdings mit schwersten Verletzungen.

Volker streckte sich. Er hatte die Vibration der Motorsäge noch jetzt in den Armen, so oft hatte er in der vergangenen Nacht angesetzt, um einen Stamm kleinzusägen und die Straße zu räumen. Mit beiden Händen hielt er jetzt die Kaffeetasse umklammert und genoss die Wärme, die seine Finger durchströmte. Keiner sagte etwas. Alle waren bis zum Umfallen kaputt. Und doch irgendwie glücklich. Nach solch heftigen Einsätzen überkam einen in der Regel das verdammt gute Gefühl, gebraucht worden zu sein. Volker war das sehr wichtig. Und er wusste, dass seine Kumpels von der Löschgruppe Vollme das ähnlich empfanden.

Trotzdem verdrehte er die Augen, als er das Signal hörte. Nicht noch ein Einsatz, dachte er. Jetzt war es genug. Dabei war er der Einzige, der nach dieser durchmalochten Nacht nicht zur Arbeit musste. Volker war ohne Job. Seit über einem Jahr schon. Auch deshalb war ihm die Freiwillige Feuerwehr derartig wichtig.

„Ihr müsst noch mal raus", hörte Volker Dieters Stimme sagen. „Gemeindestraße Richtung Herlinghausen, auf Höhe Dornensiepen hundert Meter in den Wald rein."

„Hey, Leute", warf Frank ein. Seine Stimme klang müde. „Den Wald können die Forstarbeiter machen. Müssen wir raus, damit die Spaziergänger es gemütlicher haben?"

„Es geht um eine Leiche", sagte Dieter, und seine Stimme klang gepresst. „Da ist eine Frau von einem Baum erschlagen worden."

Eine beklemmende Stille setzte ein. Volker hatte schon mehrfach eine Leiche gesehen. Als Erstes seine Großmutter. Die war ganz normal gestorben, an einem Herzinfarkt, vor ein paar Jahren. Die zweite war vor vier Jahren gewesen, als sein Löschzug zu einem Großeinsatz in Kierspe gerufen worden war, weil dort ein Mehrfamilienhaus brannte. Im Suff war eine junge,

heruntergekommene Frau über ihrer Zigarette einge-
schlafen. Volker hatte ihren verkohlten Körper in den
Überresten gesehen. Das Bild war ihm lange nach-
gegangen – eigentlich zu lange für einen Feuerwehr-
mann. Genauso wie bei der Wasserleiche in der Jubach-
talsperre vorletzten Herbst. Ein älterer Mann, der sich
selbst umgebracht hatte. Oder der Verkehrsunfall auf
der B 54 zwischen Bollwerk und Rhadermühle im vergangenen Sommer. Drei Achtzehnjährige, die aus dem
Wagen herausgeschnitten werden mussten. Der Bei-
fahrer war sofort tot gewesen, sein Schädel durch den
Aufprall praktisch geplatzt. Volker hatte nach dem
Anblick minutenlang gekotzt. Und er hätte noch jetzt
göbeln können, wenn er nur daran dachte. Er war deshalb nervös, als er im Einsatzwagen saß. Er hatte die Befürchtung, dass es auch diesmal unschön werden würde.
Dass er sich womöglich wieder übergeben musste ...

Neben ihm saß Rainer. Rainer war ruhig. Rainer war
immer ruhig. Man wusste nie genau, was er so dachte.
Volkers Blick wanderte zur Bank gegenüber. Rudi, Lena,
Frank. Sie alle waren in gespannter Erwartung. Als der
Wagen anhielt, sprang trotzdem keiner sofort auf. Alle
starrten nach draußen. Polizei. Krankenwagen. Alles da.
Es dauerte zwei, drei Sekunden, bis Rainer sich erhob.
„Na, dann", sagte er ernst und öffnete von innen die Tür.

Es war noch immer verdammt stürmisch, als Volker
mit der Motorsäge in den Händen den Berg hinauflief.
Hans hatte sie am Waldrand empfangen und lotste sie
nun zur Fundstelle. Hans war der Bezirksdienstbeamte
für diesen Bereich, der Polizist vor Ort sozusagen. Hans
kannte man – auch wenn er jetzt ganz anders aussah.

Rote Augen, blass, fertig. Wahrscheinlich auch er kurz vorm Umfallen – wegen Kyrill. Gesprochen wurde nicht. Das Heulen des Sturmes und das Rauschen der Bäume waren so laut, dass man sein eigenes Wort kaum verstand. Im Laufen nahm Volker ein knarzendes Geräusch wahr. Instinktiv warf er einen Blick nach oben. Die Bäume bogen sich bedenklich zur Seite. Er verlangsamte seinen Lauf.

„Moment mal!", brüllte er. „Wenn hier gleich ein Baum umkippt, ist einer von uns der Nächste."

Nur Frank hatte ihn gehört. Frank lief direkt vor ihm.

„Quatsch nicht!", brüllte er zurück. „Wenn du Schiss hast, gib mir die Säge und versteck dich im Auto!"

Volker hatte keine Zeit, darauf zu reagieren. Ein weiterer Polizist winkte aus einiger Entfernung. Er stand neben einer Fichte, die über den Weg gestürzt war. Daneben drei weitere Beamte in Uniform, zwei in Zivil, aus Meinerzhagen oder sonstwoher, außerdem zwei Sanitäter sowie ein Klinikarzt aus Lüdenscheid, den Volker vom Sehen kannte.

Als sie den Unfallort erreichten, kam einer der Zivilisten zielstrebig auf sie zu. „Die Leiche klemmt nicht fest", brüllte er gegen die Sturmgeräusche an, „aber trotzdem wollen wir sie lieber freischneiden lassen." Volker sah den Polizisten nicht an. Er sah auf den Körper, der unter Stamm und Zweigen nur teilweise zu sehen war. Eine Frau. In Joggingklamotten. Aber wer ging bei diesem Sturm zum Laufen in den Wald?

Volker schritt an seinen Kumpels vorbei näher auf die Leiche zu. Die Frau lag auf dem Bauch, mehrere Zweige verdeckten ihren Kopf und Teile des Rückens.

Trotzdem beschlich Volker plötzlich ein seltsames Gefühl. Ein Gefühl des Wiedererkennens. Er kannte diesen Jogginganzug. Und er kannte das dunkelbraune Haar, das zwischen den Zweigen hervorlugte. Sein Mund wurde trocken. Er blickte sich um. Hinter ihm stand Lena. Er war sich nicht sicher, ob sie dasselbe erkannte wie er. Rudi, Frank und Rainer hörten sich an, was der Polizist ihnen erklärte.

„Rainer", sagte Volker. Er sagte es mehr zu sich selbst. Niemand konnte ihn hören. Unter diesem Baum lag Rainers Frau. Unter diesem Baum lag Bettina.

Vielleicht war es, weil Volker einfach nur dastand. Vielleicht war es der Blick, den er Lena zugeworfen hatte. Auf jeden Fall wurde Rainer plötzlich aufmerksam, blickte ernst von Volker zur Leiche und ging dann langsam auf sie zu. Schließlich stand er neben Volker und starrte fassungslos auf den Körper zu seinen Füßen – bis er schließlich zu taumeln begann.

Volker wusste selber nicht, woher er die Kraft nahm. Seine Arme drückten die Motorsäge in den Stamm, als sei das sein erster Baum nach zwölf Stunden Schlaf. Er konnte nicht klar denken. Die Bilder schossen wie Blitze durch seinen Kopf. Rainer, der so häufig nicht zur Übung kommen konnte – wegen Bettina. Rainer, der nicht nach Hause wollte – wegen Bettina. Rainer, der seine Frau schon lange nicht mehr verstand. Denn Bettina lebte seit einigen Jahren nicht mehr wirklich mit ihm. Sie lebte in einer anderen Welt. Psychisch krank – und unberechenbar. Sie lief durch den Ort in den unmöglichsten Klamotten, redete mit sich selbst und vergaß ihre Medikamente. Wenn jemand bei diesem Sturm zum Joggen in den Wald ging, dann war es Bettina.

Volker stemmte noch einmal sein Gewicht auf die Säge, bis er endlich spürte, dass er durch war. Die Spitze des Baumes knickte zur Seite. Volker streifte kurz den Ohrenschutz ab. Sofort fuhr ihm der Wind in die Ohren. Der Arzt kam heran, beugte sich zur Leiche hinunter und hob vorsichtig ihren Kopf an. Als er ihn wieder abgelegt hatte und die Hand zurückzog, konnte Volker bräunliche Flecken an seinem Handschuh erkennen. Bräunliche Flecken von geronnenem Blut.

Angeekelt wandte sich Volker um. Lena stand etwas abseits. Lena, die seit einem halben Jahr ihrem Zug angehörte. Das Feuerwehrfest kam Volker in den Sinn. Und wie Rainer mit Lena getanzt hatte. Bettina war an dem Abend nicht da gewesen. Bettina war nie dabei, wenn es hoch herging. Mit Bettina war in letzter Zeit alles noch viel schlimmer geworden. „Lass dich doch scheiden", hatte Volker Rainer noch vor ein paar Wochen gesagt. „Lebenslänglich Bettina – das hält doch kein Mensch aus."

„Das geht nicht", hatte Rainer unbeweglich gesagt. „Bettina ist krank."

Aber Volker hatte sich heimlich gefragt, ob da nicht vielleicht auch die Firma mit drinhing. Die Firma hatte nämlich Bettina mit in die Ehe gebracht.

Als Volker sich wieder der Leiche zuwandte, streifte sein Blick die Beine der Toten. Die Jogginghose war vom Regen durchweicht. Das eine Bein leicht angewinkelt, so dass der graue Turnschuh von unten zu sehen war. Volker runzelte die Stirn und starrte auf das Profil. Dann machte er einen Schritt zur Seite, um auch den anderen

Sportschuh von unten sehen zu können.

„Und jetzt hier!"

Volker schreckte hoch. Der leitende Polizist zeigte auf die Stelle, wo Volker den nächsten Schnitt setzen sollte. Links von Bettina. Dann wies er einen Kollegen an, den Stamm von der anderen Seite zu halten, um ihn nicht unkontrolliert abrutschen zu lassen.

Volker schluckte trocken. Seine Hand war plötzlich zittrig.

„Wir könnten dann!", brüllte der Polizist. Volker zögerte einen Augenblick, dann streifte er sich den Ohrenschutz über und begann mit der Arbeit. Trotz seiner zittrigen Hände kam er zurecht, doch so, wie sich die Sägezähne in das feuchte Holz fraßen, so fraß sich jetzt ein Gedanke unumkehrbar in Volkers Kopf. Er wusste nun, warum Rainer gestern Abend so spät angerückt war. Er wusste, dass Rainer erst Bettina hatte in den Wald schleppen müssen. Er wusste, dass er sie unter die Tanne geschoben hatte – dass er alles getan haben musste, um Spuren zu verwischen und nicht gesehen zu werden.

Das Einzige, was er nicht wusste, war, wie genau Rainer seine Frau zuvor umgebracht hatte. Er musste sie erschlagen haben – von hinten. Ohne sie vorher zu betäuben. Denn das wäre zu gefährlich gewesen. Medikamente oder Gift wären ja nachweisbar gewesen, falls es eine Untersuchung geben sollte. Andererseits – es würde keine Untersuchung geben, da war sich Rainer ganz sicher. Der Polizist, der hier den Ton angab, hatte eben mit dem Doktor gesprochen – und dann noch mit Hans, und dann hatte er Rudi etwas zugebrüllt. „Kein Verdacht auf Fremdverschulden ...", hatte er gegen den

Wind angedonnert, so dass nur Fetzen zu verstehen gewesen waren, „lassen wir das ganze Getöse und ersparen den Angehörigen eine Autopsie."

Rudi hatte genickt. Natürlich hatte Rudi genickt.

Volker gab noch einmal alles. Das Geräusch der Motorsäge war trotz seines Ohrenschutzes zu hören. Rainer. Warum hatte er nicht an die Turnschuhe gedacht? Bettinas Turnschuhe waren ohne jeden Schmutz. Kein Schlamm in dem groben Profil, keine Tannennadeln, kein Waldboden, nichts. Bettina musste die Schuhe erst kürzlich gesäubert haben. Sie war definitiv vor ihrem Tod nicht damit durch die Gegend gejoggt!

Volker erschrak, als die Säge den Stamm durchtrennt hatte. Er hatte nicht aufgepasst und federte der Säge hinterher. Schweißgebadet blickte er hoch. Rainer war sein Kumpel. Schon immer gewesen. Lebenslänglich Bettina hatte jemand wie er nicht verdient. Und außerdem – da war sich Volker ganz sicher – außerdem gab ihm Rainer bestimmt bald einen Job.

Schnäppchenjagd in Iserlohn

Legen Sie Ihre Waren aufs Band und ich sage Ihnen, was für ein Mensch Sie sind. Ich kenne mich aus. 16 Jahre an der Supermarktkasse hinterlassen Spuren.

Tiefkühlpizza, Energy-Drink, Zigaretten – Junggeselle, glücklich.

Tiefkühlpizza, Zigaretten, Schnaps – Junggeselle unglücklich.

Bio-Möhren, Creme fraîche, Gummibärchen – zufriedener Papa.

Bio-Möhren, Joghurt, Fertiggericht – Schnäppchen auf dem Kontaktmarkt.

Ich weiß genau, wer mich interessiert.

Männer, die rauchen, interessieren mich nicht.

Männer mit drei Tüten Chips – interessieren mich nicht.

Männer mit Hochprozentigem – interessieren mich nicht.

Mich interessiert der Mann mit Vollbart um die Fünfzig mit Äpfeln, Käse und Lauch. Lauch heißt, er kocht. Kauft nicht nur Fertiges, sondern schnippelt, bereitet etwas zu. So ein Mann ist sinnlich, selbständig, gut. Eine Flasche Rotwein macht ihn perfekt, denn er hat Sinn für schöne Stunden, für Gemütlichkeit und Stil. Zu viel Rotwein ist natürlich schlecht. Ich erkenne die Säufer sofort. Rotgeränderte Augen, unsteter Blick, Haare etwas zu lang. Egal, wie chic sie sonst rumlaufen, egal, wie sehr die Ehefrau auf die Fassade bedacht ist – Säufer erkenne ich sofort. Da muss ich gar nicht schauen, welchen Sprit sie mir aufs Band gelegt haben.

Ich bin jetzt seit einem Jahr am Bädekerplatz, vorher war ich im Markt gegenüber von Karstadt. Als der Kaufpark hier eröffnet wurde, habe ich mich sofort beworben. Jetzt kann ich zu Fuß zur Arbeit gehen und sitze in einem knallroten Gebäude, an dem aber „green building" dransteht. Inzwischen kenne ich auch schon ein paar Kunden persönlich. Frau Rösler aus der Calvinstraße zum Beispiel hat über Wochen immer das Gleiche gekauft: Milchprodukte, Obst, Tiefkühlware und eine Sportbild für ihren Mann. Die Sportbild kauft sie jetzt nicht mehr. Gestern war zum ersten Mal Herr Rösler da. Ich hab ihn anhand seiner ec-Karte identifiziert. Gekauft hat er Tiefkühlpizza, ein Sixpack und seine Sportbild. Der ist zu haben, aber für mich nicht interessant. Ich weiß genau, wer für mich interessant ist. Das Problem: Die Männer, die für mich interessant sind, interessieren sich nur selten für mich.

Denn auch das ist eine Wahrheit: An der Supermarktkasse ist man praktisch unsichtbar. Die Leute haben ihre Waren im Blick, packen auf, packen ein, kramen in ihrem Portemonnaie. Im Grunde hat man nur den kurzen Moment bei der Übergabe des Geldes. Das ist nicht viel. Denn in diesem Moment sind die meisten Menschen gedanklich woanders. „Sauteuer das bisschen!" „Hab ich was vergessen?" „Dahinten ist die blöde Schmidt-Johann. Hoffentlich sieht sie mich nicht."

Ich bin jetzt auch nicht sonderlich auffällig. Nicht wie Frau Hempelmann, die einen Atombusen hat. Oder die bildhübschen Studentinnen der FH oder der BiTS, die sich bei uns ihr Studiengeld aufbessern. Ich bin nicht hässlich, aber auch nicht schön. Ich bin gepflegt. Vielleicht ein bisschen unscheinbar. Aber das finde ich gar nicht so schlimm. Fakt ist allerdings: Mit Männern läuft es nicht gut. Die letzten Bekanntschaften – alle enttäuschend. Ich habe hohe Ansprüche, das gebe ich zu. Und für Kompromisse bin ich zu alt. Ich meine, ich hab es noch gut. Hier an der Kasse kommt allerlei durch. Ansonsten hat man es als Frau in meinem Alter ja schwer. Wenn ich meine Nachbarin höre, Frau Grasig, die hat schon zehn VHS-Kurse belegt, und immer ohne Erfolg. Ausschließlich Frauen machen da mit – Frauen auf der Suche nach einem Mann. Die Grasig sagt, der einzige Ort, wo man in Deutschland auf männlichen Überhang trifft, ist der Knast.

Trotzdem, ich gebe die Hoffnung nicht auf. Ich suche weiter.

Deshalb habe ich mir extra diesen Markt ausgesucht. Hier ist alles luftig, freundlich und hell, sogar die Einkaufswagen ganz stylish in Schwarz. Hier läuft andere Kundschaft herum als drüben im Aldi – wenn es klappen soll, dann höchstwahrscheinlich hier.

Jetzt zum Beispiel: Rucola-Salat, eine Packung Schoko-Nuss-Kekse und Quark – nicht uninteressant. Beim Bezahlen entdecke ich den Ring am linken Finger.

So vergehen die Stunden und Tage. Ich sehne mich schon nach einem Mann, aber es muss der richtige sein. Es muss exakt der richtige sein. Frau Hempelmann mit dem Atombusen hat mittlerweile ihre Ansprüche unter Null festgezurrt. Der Kerl muss nur im Pass stehen haben, dass er ein Mann ist. Nein, schlimmer noch: Er muss einfach durch permanentes Auf-ihren-Atombusen-Starren beweisen, dass er ein Mann ist. Das reicht. Unvorstellbar für mich. Erstens, weil ich keinen Atombusen habe, eher das Gegenteil. Einen Molekülbusen, wenn man so will. Vor allem aber, weil mir das zu wenig wäre. Ich möchte keinen Mann, der primitiv ist. Ich möchte einen Mann mit Niveau. Aber das macht's natürlich schwer. All meine Enttäuschungen zusammengenommen würden nicht in eine Kühltruhe gehen.

Nehmen wir die Enttäuschung Rüdiger Neuwirth. Enttäuschend nicht nur, weil er bei unserem Treffen ein Gürteltäschchen trug, aus dem er dann im Café umständlich sein Portemonnaie herausklaubte, aus dem er dann der Bedienung *kein* Trinkgeld spendierte, sondern vor allem, weil auch er ... wie alle anderen ...

Aber lassen wir das. Ich habe keine Lust, in Wunden zu wühlen. Das hat ja alles keinen Zweck. Außerdem belagert jetzt eine Frau mit nervigem Kind meine Kasse. Ich finde es sehr schön, Kinder zu haben. Ich kann nur nicht verstehen, warum kein Mensch mehr seine Kinder ordentlich erzieht. Dieses Kind zum Beispiel ist überhaupt nicht zufriedenzustellen. Jetzt durfte es sich schon einen Schoko-Riegel aussuchen, kann aber nicht ertragen, dass dieser erst über den Scan muss. Es windet sich in seinem Einkaufswagensitz und brüllt mir die Ohren voll. Ich weiß, dass ich jetzt etwas Nettes sagen sollte – schon wegen Kundenfreundlichkeit. Etwas wie „Na, da ist dein Riegel doch schon, kleiner Racker! Kannst es wohl nicht abwarten, was?" Stattdessen ziehe ich den Riegel als Letztes über den Scan. Der Frau ist deutlich anzusehen, wie peinlich ihr die ganze Sache ist. Sollte ihre Energie in die Erziehung ihres Kindes stecken, finde ich.

Als Nächstes eine Polin mit dem dementen Herrn Krause. Herr Krause ist früher alleine gekommen, jetzt kommt er nur noch in Pflege-Begleitung. Alle drei Monate ist Wechsel, dann kommt eine neue Polin. Jede für sich hat Herrn Krause besser im Griff als die Mutter von vorhin ihr nerviges Kind. Artig tuckert er hinter seiner Pflegerin her nach draußen. Ich sehe ihm nach und registriere daher erst spät, wer plötzlich vor mir seine Waren aufs Band legt. Kurzum: Der Mann meiner Träume. Kurzgeschnittener Bart, warme, aufmerksame Augen, Cord-Hose, kein Ring. Und noch besser, was da übers Band angesummt kommt: Bio-Joghurt, O-Saft, Margarine und Tesa. Tesa könnte heißen, er richtet seinen Haushalt neu ein. Tesa könnte heißen, er ist zugezogen. Er wohnt jetzt vor Ort. Tesa könnte heißen, er sucht etwas, woran er sich festkleben kann. Ich bin plötzlich nervös, ziehe unsicher die Waren über den Scan, versuche, ihn nicht unverblümt anzustarren – auch wenn mir danach voll und ganz ist. Trauben hat er noch gekauft, außerdem Müllbeutel. Die untermauern meine Zuzugtheorie. Und dann noch Schokolade – er hat Schokolade gekauft! Ein Mann, der schwach werden kann. Und zu guter Letzt – krönender Abschluss – eine gute Flasche Sekt! Ein Mann, der schwach werden *will*. Der Mann ist perfekt. Jetzt kommt die Summe. Mein Mund zieht sich zu. Ich verzögere, das bündelt seine Aufmerksamkeit. Er soll nicht beim Einpacken das Bezahlen überhasten. Er soll in Ruhe bezahlen. Er soll mich anschauen, ansprechen, wahrnehmen. Endlich hat er alles in seiner Tasche.

„31,86", sage ich. „Bitte", schiebe ich noch hinterher. Mein Mund ist trocken. Ich habe nur diesen einen Moment. Er sieht hoch. Kramt dabei in seiner Bundfaltenhose. Zieht einen Zwanziger hervor und einen Zehner.

„Mist", murmelt er. „Ich hab nur 30 Euro dabei."

Er kramt weiter, schaut, ob sich noch irgendwo Kleingeld versteckt hat. Ich könnte ihm stundenlang zusehen.

„Sie können auch mit Karte bezahlen", biete ich ihm an.

Sein Blick ist so verzweifelt, als hätte man ihm alles gestohlen. Dabei fehlen ihm nur 1,86. „Ich hab keine Karte dabei." Dann wird er hektisch. „Ich komme zurück", sagt er, „und lasse die Tasche hier stehen – oder nein, ich nehme einfach etwas raus. Die Flasche Sekt. Können Sie die zurückbuchen? Mir ist das alles sehr unangenehm. Bei mir ist es gerade etwas chaotisch. Ich bin umgezogen, Sie verstehen?"

Ich schaue ihn an, sehe die hektische Sorgenfalte in seinem Gesicht, verliebe mich in seine geschwungenen Lippen. Und dann habe ich eine grandiose Idee: „Ich leihe Ihnen zwei Euro."

Der Mann schaut mich an. Zum ersten Mal scheint er mich wirklich und wahrhaftig zu sehen.

„Sie leihen mir zwei Euro? Das kann ich nicht annehmen."

„Bringen Sie sie mir später zurück." Ich versuche ein Lächeln. Es wird zaghaft, aber ich glaube, gerade das gefällt ihm an mir.

„Sie leihen mir zwei Euro?", wiederholt er, er kann es nicht glauben.

„Bringen Sie sie mir einfach zurück", wiederhole auch ich.

Er schaut mich an. Verdutzt, berührt, verzaubert. Die Zeit steht still. Keine Kunden, die ungeduldig warten, keine Scan-Geräusche von Kasse 1, wo Frau Hempelmann mit ihrem Atombusen sitzt.

„Darf ich fragen, wie Sie heißen?", stammelt mein Traummann.

„Gina", antworte ich.

„Gina", antwortet er, als käme ich aus einer anderen Welt. „Wann haben Sie Schluss, Gina?"

„Viertel vor zehn", antworte ich und komme mir vor wie in einem Film.

„Viertel vor zehn", wiederholt mein Traummann versunken. „Dann komme ich, Gina, und bringe Ihnen zwei Euro. Ist das in Ordnung?"

Ich antworte nicht. Ich nicke nur. Er kommt wieder. Wenn ich Schluss habe. Ich muss das regeln. Denn er kommt wieder. Mein Traummann.

Er kommt um zwei Minuten vor zehn. Kurz, bevor ich das Warten aufgeben will.

„Gina", sagt er atemlos, als würden wir uns schon zehn Jahre kennen. „Tut mir leid, dass ich zu spät bin."

Ich versuche meine Fäuste zu lösen, mich zu entspannen. Ich habe fast 15 Minuten draußen in der Dämmerung vor den Einkaufswagen gestanden und auf ihn gewartet. Ich hab das arrangieren müssen, dass ich mich für eine weitere Stunde freimachen kann.

„Natürlich hab ich auch das Geld", er zieht sein Portemonnaie aus der Tasche, klimpert mit Kleingeld, „ganz passend habe ich's natürlich nicht. Aber zwei Euro tun's vielleicht auch."

Er lächelt charmant und hält mir zwei blinkende Eurostücke hin.

„Und der Rest ist Trinkgeld?", möchte ich fragen, halte mich aber zurück.

„Ich weiß nicht, ob ich wechseln kann", murmele ich stattdessen tonlos vor mich hin.

„Um Gottes willen", er wehrt ab, theatralisch beinah. „Danke noch mal, dass Sie eingesprungen sind!"

Ich nicke grummelig. War es das jetzt?

„Eine wunderbare Luft", sagt er nun und schaut sich um, als stände er auf einer Anhöhe mit Blick über Wiesen und Wälder. Stattdessen stehen wir in Iserlohn auf einem Supermarkt-Parkplatz und wissen nicht recht, was jetzt tun.

„Wo müssen Sie hin?", will er wissen.

„Schulstraße, ich gehe immer diesen Fußweg entlang." Ich mache eine vage Handbewegung zu Park und Fußballplatz hin.

„Zu Fuß? Allein durch den Park?" Er runzelt die Stirn. „Es ist schon dunkel, haben Sie keine Angst?"

Angst? Um ein Haar muss ich losprusten. Angst! Ich bin nicht auf dem Ponyhof aufgewachsen, sondern auf der Sonnenhöhe! Ich habe, wenn ich den Trampelpfad zur Schulstraße gehe, immer die Hand an meinem Messer. Angst! Dann finde ich es plötzlich niedlich, dass er sich Sorgen um mich macht. Das gefällt mir, und ich stelle mir vor, dass er von jetzt an vielleicht häufiger Angst um mich hat.

„Nein", sage ich schließlich und ziehe meine Tasche

dicht an mich heran.

„Darf ich Sie vielleicht ein Stückchen begleiten?"
Er zieht die Augenbrauen hoch. Das scheint eine besondere Eigenart zu sein. Ich hab es schon an der Kasse beobachtet. Wie er bei Aufregung die Augenbrauen verrenkt.

„Wenn ich Sie damit nicht aufhalte ..."

„Aber nicht doch, ich hab jede Menge Zeit."

Das ist verwunderlich! Er ist gerade umgezogen. Er muss seine Sachen einräumen. Er muss sich auf seine neue Arbeit einstellen. Warum hat er Zeit? Ich überlege, welchen Beruf er ausüben könnte. Vielleicht ist er ganz in der Nähe beschäftigt. Als Lehrer – an der Hauptschule am Wiesengrund. Oder an der Grundschule. Das wäre noch schöner, weil kleinere Kinder. Ich kann ihn mir gut vorstellen als jemanden, der mit kleinen Kindern umgeht. Der Pädagogik studiert hat. Der sozial engagiert ist. Sozial engagiert – das bringt mich darauf, dass er auch bei den Johannitern arbeiten könnte. Drüben im Tagespflegehaus als Pflegedienstleiter, als Sozialpädagoge, im Büro ... Johanniter, denke ich, das wäre göttliche Fügung.

„Sie sind gerade umgezogen?", wage ich einen Vorstoß, nachdem wir die Straße überquert haben und auf den Grüngürtel zugehen.

„Das ist korrekt", sagt er, während wir ins Grün hineinschlendern.

Korrekt! Korrekt ist ein Wort, das mir nicht gut gefällt. Andererseits – wenn er Lehrer ist, muss er viel korrigieren. Vielleicht sagt man dann rein berufshalber schon mal „korrekt".

„Ich habe vorher auf der Alexanderstraße gewohnt.

Leider kann ich mir das jetzt nicht mehr leisten."

Nachdenklich biege ich in meinen Trampelpfad ein. Ziemlich eng für zwei nebeneinander. Mein Begleiter stapft daher hinter mir her. Rechts kann man im Dunkeln die Reste eines Lagerfeuers erahnen, daneben jede Menge Müll.

„Die alte Geschichte: Meine Frau hat mich sitzenlassen." Er schnauft in meinem Rücken. Er scheint Mitleid zu erwarten. Das allerdings fällt mir nicht leicht. Ich muss sowieso erst einmal diese Information verarbeiten. *Geschieden. Wohnung nicht leisten.*

„Acht Jahre waren wir zusammen. Und jetzt will sie plötzlich nicht mehr."

Ich drehe mich um. „Haben Sie Kinder?"

„Ja, aus erster Ehe. Eine Tochter, aber meine Ex-Frau hält die Kleine strikt von mir fern."

Zweimal geschieden, ein Kind. Die Frau hält das Kind strikt von ihm fern.

Wir gehen jetzt tiefer in den Park am Wiesengrund hinein. Er erzählt. Dass er derzeit kein Einkommen hat. Dass seine Frau zu wenig zahlt. Dass das alles nicht schön ist. Ich versuche zuzuhören, aber es fällt mir nicht leicht. Vor allem, weil mir die teure Flasche Sekt nicht aus dem Kopf geht.

Hinter mir bleibt mein Begleiter nun abrupt stehen. „Ich hab mich nicht mal vorgestellt", höre ich ihn sagen. „Wir gehen gemeinsam diesen dunklen Fußpfad entlang – und Sie wissen nicht einmal meinen Namen."

Ich bleibe stehen, drehe mich um. Er schaut mich eindringlich an. Es geht ihm nicht gut, denke ich. Ich sehe es trotz der Dunkelheit in seinen Augen.

„Ich heiße Gerd", verkündet er und reicht mir die

Hand.

Dass ich Gina heiße, weiß er ja schon. Ich brauche es nicht noch einmal zu sagen. Im Grunde ist sowieso schon alles gesagt. Die Bilder sind weg. Das gemeinsame Picknick. Der Urlaub auf Kreta. Gemeinsames Plantschen im Seilerseebad. Die Bilder sind weg – und immer noch hält dieser Gerd meine Hand. Viel mehr noch – jetzt nimmt er seine zweite hinzu, als wolle er mir einen Heiratsantrag machen.

„Dass Sie sich hier jeden Tag langtrauen!", wundert sich Gerd und schaut sich stirnrunzelnd um. „Ich finde es ein bisschen unheimlich hier."

Unheimlich ist das richtige Wort, wenn man den Pfad zum ersten Mal geht. Eng, dicht bewachsen, überall ein Knacken und Rauschen. Dass links gelegentlich die Häuser der Schlesischen Straße durchschimmern, macht die Sache nicht besser, wenn man die Schlesische Straße kennt.

„Glaubst du an das Schicksal?" Er flüstert. Ich höre ihn trotzdem sehr klar. Höre außerdem den Wind in den Bäumen. In der Ferne den Straßenverkehr.

„Ja, ich glaube an das Schicksal!" Ich könnte hinzufügen, dass ich praktisch Expertin dafür bin.

Im Dickicht ein Rascheln, dann ruft ein Vogel. Was ruft er? „Ich geh jetzt ins Bett?"

Gerd schluckt und starrt mir wieder fest in die Augen. „Heute Morgen habe ich gedacht, mein Leben sei im Eimer", brummt er sonor, „dann gehe ich einkaufen, und da bist plötzlich du."

Er umklammert meine Hand. Er klammert sich fest, so kommt es mir vor.

Ich muss nach Hause. Bestimmt ist es bald neun, und

Frau Grasig ist nicht unendlich belastbar.

„Ich müsste dann jetzt ..." Ich will meine Hand zurückziehen, er hält sie immer noch fest.

„Warum? Wartet jemand auf dich?" Seine Augen verdunkeln sich. Sein Gesicht verdunkelt sich. Alles wird so dunkel wie die Schatten um uns herum.

„Ja", sage ich vorsichtig, „ja."

„Ach so!" Sein Gesicht ist nun vollkommen finster.

„Mein Bruder", taste ich mich vor und weiß selbst nicht, warum. Denn im Grunde ist sowieso alles vorbei. „Mein Bruder heißt Gregor. Bis fünf ist er in der Tagespflege untergebracht. Dann kommt er nach Hause."

„Tagespflege?" Gerds Augenbrauen nehmen ihr Spiel wieder auf.

„Gregor ist 29, aber behindert. Schwerstmehrfachbehindert. Er kann nicht allein sein. Wenn ich Spätdienst habe, kümmert sich meine Nachbarin eine Weile um ihn."

Er lässt meine Hand los. Lässt sie so abrupt fallen, dass sie mir gegen die Hüfte schlenkert. Eine so krasse Reaktion habe ich selten erlebt.

„Und warum bist du ... was ist mit deinen Eltern?"

Meine Hand rutscht in meine Handtasche hinein. Rein gewohnheitsmäßig umklammert sie den Griff meines Messers.

„Meine Eltern?" Unweigerlich presse ich die Lippen zusammen. Meine Eltern ... wen meint er? Meinen Vater, der Gregor mit seinen Schlägen dahin gebracht hat, wo er jetzt ist? Oder meine Mutter, die zeit ihres Lebens nie unter drei Promille gehabt hat?

„Gibt es nicht mehr", presse ich hervor.

„Und da hast du jetzt seine Pflege übernommen? Zusätzlich zum Job?" Seine Augenbrauen spielen verrückt. „Mein Gott, Gina, es gibt Heime für so was. Du kannst doch nicht allein – deinen Bruder – das nimmt ja kein Ende –" Er hält ratlos inne.

Es ist wie immer mit den Männern. Sie wissen nichts. Und sie wissen alles. Wissen, was alles nicht geht. Wissen, was sie alles nicht wollen. Neu ist das Tempo. Die anderen Männer haben mir erst nach Tagen gesagt, dass sie damit nicht klarkommen. Dieser Mann kennt mich kaum ein paar Stunden und sagt mir trotzdem, was alles nicht geht. Kein Wunder, dass seine Frauen ihn loswerden wollten.

„Ich denk ja nur an dich", faselt er jetzt in meine Richtung.

Ich denk ja nur an dich! Wenn ich mich nicht täusche, hat das zuletzt Henning gesagt. Henning liegt jetzt im Felsenmeer. Man hat seine Leiche noch immer nicht gefunden. Dabei ist unser letztes Rendezvous schon vier Monate her.

„Bist du denn sicher, Gina, dass du das wirklich so willst?"

Was für ein jammernder Tonfall! Er erinnert mich an Rüdiger, der auch ein Waschlappen war. Rüdiger hat es sich mit seinem Gürteltäschchen im Seilersee gemütlich gemacht. Schon vor anderthalb Jahren. Ich bin recht froh, dass der letzte Sommer so regnerisch war.

Meine Hand umklammert weiter mein Messer. Und Gerd schaut mich an. Mit wässerigen Augen. Er nimmt Psychopharmaka, bin ich mir sicher. Es lohnt sich nicht, ihm ein Ende zu setzen. Er nimmt das

Leben auch so schwer genug. Und – was noch viel mehr wiegt: Er ist mir nicht nahegekommen. Er hat mich nicht wirklich erreicht. Es ist nicht wie bei den anderen, wo tatsächlich etwas möglich schien – bis das Hoffnungsschiff mit einem brennenden Pfeil in Brand gesetzt wurde und elendig versank.

„Ich geh dann jetzt, Gerd."

Als ich weggehe, höre ich ein Knacken von rechts – ein Kaninchen wahrscheinlich.

Angst jedenfalls habe ich nicht.

When shall we three meet again?

Es wird ein guter Tag, denkt Bea beim Aufwachen. Nein, sie denkt es nicht. Sie fühlt es. Die Luft ist klar. Ruhig. Sie wird diesen Tag gut überstehen. Meistens stimmt ihr Gefühl. Sie kann schon bald nach dem Aufstehen einschätzen, ob sie den Anforderungen des Tages gerecht werden wird. Ob sie durchhalten wird – oder ob eine dunkle Wolke sie überkommt. Aber daran will sie jetzt nicht denken. Alles wird gut. Nächste Woche wird sie die Unterlagen zusammenhaben. Natürlich wird sie sie sofort losschicken und dann – abwarten. Das kennt sie ja schon. Abwarten. Und hoffen. Ihr kommt es vor, als sei das ihr halbes Leben gewesen: Hoffen. Hoffen, dass sie die Periode nicht bekommt. Hoffen, dass es diesmal geklappt hat. Hoffen ... und dann – enttäuscht werden. Spüren, dass die Blutung doch gekommen ist. Dass auch die künstliche Befruchtung nicht geklappt hat. Dass sie einfach nicht schwanger werden kann.

Es hat Tage gegeben, an denen Bea nicht mehr aufstehen konnte. An denen die Frage sie fast umgebracht hat. „Warum wir?" Oder besser: „Warum wir nicht?"

Im letzten Jahr hat sie die ganze Marienprozession über gebetet. Gebetet um ein Kind.

Zwei Tage später hat sie ihre Tage bekommen.

Aber diesmal wird alles gut werden! Sie muss sich nicht auf ihren Körper verlassen. Sie und Karl, sie haben sich für etwas anderes entschieden. Sie müssen sich nur beeilen. Sie werden schließlich nicht jünger, es gibt da Bestimmungen, auch für Auslandsadoptionen. Eine Inlandsadoption ist sowieso aussichtslos. Sie kennt die Zahlen. Keine Chance. Jetzt hat sie Kontakt zu einer Organisation, die Waisenkinder aus Russland vermittelt. Damit geht es hoffentlich schnell. Wenn nicht, dann weiß sie auch nicht mehr weiter. Aber daran will sie jetzt nicht denken. Sie wird sich nicht herunterziehen lassen. Positiv denken! Nach vorne schauen!

Energisch rollt Bea sich herum, um nach draußen zu sehen. Die Pferde sind auf der Weide, zum ersten Mal! Der Frühling ist also im Anmarsch.

Sie und Karl haben im Schlafzimmer extra Fenster bis zum Boden gewählt, damit man vom Bett aus raus- schauen kann. Über die Weiden hinüber zum Josephs- hof. Es ist ein schöner Ausblick. Traumhaft. Sie könnte stundenlang so liegen.

Aber dann – mit einem Mal – fällt es ihr ein. Wie hatte sie das vergessen können? Wie hatte sie aufwachen und nicht sofort daran denken können, dass heute Freitag ist? Ein Glücksgefühl überkommt sie. Sie hat überlegt, ob es ein guter Tag werden wird! Jetzt weiß sie: Es wird ein phantastischer Tag. Karl ist nicht da. Er und sein Kegelclub sind schon gestern zur Mosel gereist. Und gleich kommen Simone und Chris. Die drei haben den Termin extra auf Karls Kegelwochenende gelegt, damit sie für sich sind.

Sie können so viel unternehmen – shoppen in Müns- ter, essen gehen, quatschen. Vielleicht möchte Simone die Miró-Ausstellung im Picasso-Museum besuchen. Und Chris hat bestimmt Lust auf Bewegung. Sie können eine Fahrradtour machen, nach Einen ins Backhaus. Der Tag wird leicht werden, fröhlich, bunt. Mit niemandem kann Bea so ausgelassen sein wie mit ihren WG-Freundinnen aus der Münsteraner Studentenzeit. Klar, inzwischen hat Bea auch in Warendorf gute Bekannte, aber das ist etwas anderes. Die meisten Frauen in ihrem Alter haben kleine Kinder, stecken zwischen Kinderkrankheiten und Elternabenden fest und erzählen, wie froh Bea sein kann, dass sie diesen Stress nicht hat. Bea kann ihre Unsicherheiten nicht mehr ertragen. „Ihr braucht euch nicht zu entschuldigen", möchte sie manchmal sagen, „und ihr müsst mir nicht das Gefühl vermitteln, meine Situation sei besser als eure. Keine von euch würde tauschen, das wisst ihr genau!"

Bea atmet durch. Jetzt nur in nichts hineinsteigern! Heute kommen Simone und Chris. Kein Gespräch über Kinder. Keins über In-vitro-Fertilisation. Keins über Gutachten zur Auslandsadoption.

Mit Schwung wirft Bea die Bettdecke zurück und steigt aus dem Bett.

Die ersten Sonnenstrahlen! Simone steht auf dem Krickmarkt und genießt. Sie hat den anderen nicht gesagt, dass sie eher anreist. Sie will noch ein bisschen Zeit für sich haben. Warendorf ist toll. Eine tolle Einkaufsstadt. „Du weißt das gar nicht zu schätzen", hat sie bei ihrem letzten Besuch Bea ins Gesicht gesagt, als die unbedingt nach Münster zum Einkaufen wollte. „Diese kleinen Geschäfte. Diese schnuckeligen Fassaden ... Kennst du irgendeine Stadt, wo in einem alten Ballsaal Klamotten verkauft werden? Wo man in klassizistischem Ambiente Miniröcke anprobiert und auf dem Intarsienfußboden Blusen ausgestellt sind?"

„Du hast die Parfümerie noch nicht gesehen", hat Bea

daraufhin kleinlaut gemeint, „die Drogerieeinrichtung darin ist antik."

Simone ist daraufhin sofort ein Parfüm kaufen gegangen. Warendorf ist Kult, auch wenn Bea das nicht so recht zu schätzen weiß. Ist ja oft so: Was man jeden Tag sieht, nimmt man gar nicht mehr wahr.

Simone hebt den Kopf und lässt sich die Sonne ins Gesicht scheinen. Wie gut das tut nach dem langen, kalten Winter! Als sie die Augen öffnet, sieht sie ein Pferd eine Hauswand herunterspazieren. Belustigt kneift sie die Augen zusammen. An die bunten, lebensgroßen Pferde in Warendorf hat sie sich längst gewöhnt. In der Senkrechten hat sie sie allerdings noch nie gesehen. Das ist was für Chris! Die regt sich immer über den Warendorfer Pferdewahn auf.

„Vor jedem Geschäft ein Zosse", hat sie letztens gemault. „Ich kann die Viecher nicht mehr sehen. Hauptsache groß. Hauptsache bunt. Hauptsache Pferd." Nun ja, Chrissi ist, wie sie ist.

Als Simone weiterschlendert, bleibt ihr Blick an einer Ankündigung hängen. Ein Theaterplakat. Shakespeares Macbeth wird gespielt, im Theater am Wall. In Simones Kopf beginnt sofort ein Film. Die drei Hexen, die das Schicksal vorhersagen und damit eine Lawine in Gang bringen – „When shall we three meet again?"

Chris hat den Satz in der WG-Küche gesagt, damals, am Tag der Beerdigung von diesem Hartmut. Dann hat sie noch hinzugefügt: „Wenn ihr mal Hilfe braucht, lasst es mich wissen!"

Chris ist ein verrücktes Huhn. Sie zieht die Sachen durch. Sie nimmt sich etwas vor und zieht es durch. Ob sie manchmal Gewissensbisse hat? Wahrscheinlich nicht. Chris macht nur Sachen, die sie gerecht findet. Simone wird sie gleich anrufen. Aber erst wird sie essen gehen, am besten im „Schwanen", darauf hat sie sich schon die ganze Woche über gefreut.

Als sie die drei Stufen zum Restaurant hinaufsteigt, nimmt sie zum ersten Mal den goldenen Schwan über der Tür wahr. Schon wieder ein Tier, denkt sie belustigt. Immerhin – ausnahmsweise ist es kein Pferd.

"Hallo Chris, die Warendorfer Pferdeskulpturen warten auf dich!"

Es ist Simones Stimme – total aufgekratzt. Bestimmt hat sie sich wie Hölle auf das Wochenende gefreut. Chris bemüht sich, freundlich zu sein: „Sehr passend! Ich hänge hier seit einer Viertelstunde hinter einem Pferdeanhänger fest."

Wie zur Bestätigung wirbelt aus dem Transporter vor ihr der Schweif des Pferdes herum. Es scheint dem Tier Spaß zu machen, mit dem Schwanz zu wedeln. Vielleicht denkt es, es wäre ein Hund. Wenn Chris noch dichter auffährt, kann das Pferd ihr die Windschutzscheibe putzen.

„Wie sieht's aus, Simone? Hast du schon mit Bea gesprochen?"

„Nein, ich war noch ein bisschen einkaufen. Jetzt sitze ich bei „Hinz und Kunz" und trinke einen Cappuccino."

„Wo sitzt du?"

Simone lacht ihr helles, fröhliches Lachen. „Ich bin im Café."

„Das hört sich gut an. Ich habe tierischen Hunger. Wollen wir zusammen was essen, wenn ich gleich da bin?"

„Ich hab schon, aber ich setz mich gerne dazu. Kannst du dich an diese urige Gaststätte erinnern, wo wir mal mit Bea zum Kabarett waren?"

„Die mit dem komischen Namen und der Holzvertäfelung?"

„Genau, das „Warintharpa". Wollen wir uns dort treffen?"

„Okay!"

„Ach, noch was", Simone hat plötzlich einen ernsten Sound in der Stimme. „Hier läuft Macbeth. When shall we three meet again?"

Plong! Keule! Warum sagt Simone das jetzt?

„Geht es dir manchmal nach?", fragt sie nun, sehr belegt.

„Nein. Es war richtig. Beides." Chris' Tonfall ist härter, als sie eigentlich will.

„Wir haben schon eine Menge Glück gehabt", sagt Simone.

„Nein, wir waren nur verdammt gut."

Chris hört ein Geräusch in der Leitung. Sie kann nicht einordnen, ob es ein Lacher ist oder ein Seufzer.

„Wir sehen uns", sagt sie barsch und beendet das Gespräch ohne ein weiteres Wort.

Anschließend hat Chris miese Laune. Was soll das jetzt? Was sie gemacht haben, ist richtig gewesen. Sie haben zwei Männer aus dem Weg geräumt, die es verdient haben. Oder, wie Bea es mal so schön formuliert hat: „Wir haben das Schicksal zum Guten gewendet."

Wer weiß das besser als Simone? Keine Ahnung, wo sie heute wäre, wenn sie bei diesem Weber nicht eingeschritten wären. Der Kerl war doch zum Äußersten bereit!

Und was Chris selber angeht: Ihre Mutter würde ihren Lebensabend beileibe nicht so friedlich genießen, wenn Hartmut Griesler heute noch lebte!

Sofort merkt Chris, wie auch jetzt noch Wut in ihr aufsteigt. Dieses naive Geschwafel ihrer Mutter, wie süß er doch sei und wie aufregend, dass ein jüngerer Mann sich für sie interessiere! Der Moment, als sie diesem Schmarotzer das superteure Auto geschenkt hat! Seine schleimigen Bemerkungen, die teuren Reisen und die schicke, neue Wohnungseinrichtung! Ruckzuck waren 200.000 vom Erbe verschwunden. Ekelhaft war das! Nur gut, dass ihre Freundinnen so konstruktiv an einer Lösung des Problems mitgewirkt hatten.

Das Ganze war eine saubere Sache. Simone hat nicht umsonst Pharmazie studiert. Das Mittel ist nie nachgewiesen worden. Hartmut Griesler ist offiziell an Nierenversagen gestorben.

Chris hat keinen Bock, sich darüber Gedanken zu machen, ob der Abgang der beiden Herren moralisch einwandfrei war. Mit Moral haben sich die beiden schließlich auch nicht beschäftigt!

Angegrätzt stellt Chris die Musik an. Immer noch zockelt sie hinter dem Pferdeanhänger her. Dann schert sie ungeduldig aus und schaut, ob sie überholen kann. Keine Chance. Berufsverkehr. Und Pferdeverkehr. Verrückte Welt eigentlich. Früher hat das Pferd den Menschen transportiert. Heute ist es andersherum. Die Menschen transportieren ihre Pferde. Mit dem Ergebnis, dass sie jetzt hier festhängt!

Kurz drauf überholt sie doch. Sie sieht das Auto zwar, aber es ist noch weit weg. Sie drückt das Gaspedal durch. Zieht vorbei. Das Auto, das ihr entgegenkommt, hupt wie verrückt. Der Fahrer gestikuliert. Knapp schert sie ein. Ist noch mal gutgegangen. Ob es sich gelohnt hat, ist eine andere Frage. In hundert Metern Entfernung sieht sie vor sich den nächsten Pferdetransporter.

Bea denkt natürlich, dass es Chrissi ist oder Simone, als das Telefon schellt. Deswegen stürzt sie zum Hörer und ruft erwartungsfroh „Hallo" hinein.

„Guten Tag, Frau Lüttke-Berner. Holwitt am Apparat."

„Herr Holwitt." Tausend Gedanken stürmen auf sie ein. Warum Herr Holwitt? Herr Deitmann ist doch ihr Sachbearbeiter beim Kreisjugendamt. Holwitt ist zwar beim ersten Gespräch dabei gewesen – danach aber war nur noch Deitmann zuständig. Was will jetzt Holwitt?

„Vielleicht wundern Sie sich über meinen Anruf. Sie hatten ja sonst mit Herrn Deitmann zu tun. Der allerdings ist länger krank. Ich habe Ihren Fall von ihm übernommen."

„Herr Deitmann ist krank?" Was bedeutet das? Grippe? Beinbruch? Krebs? Hat er vorher das Gutachten fertiggestellt?

„Es geht um das Gutachten. Ich würde deswegen gern noch einmal mit Ihnen sprechen." Seine Stimme klingt bedeckt. Bea wird heiß.

„Wegen des Gutachtens?"

„Ja, wegen des Gutachtens."

„Gibt es Probleme, ich meine, es war doch alles klar mit Herrn Deitmann. Fehlt Ihnen vielleicht meine Adresse? Soll ich vorbeikommen und das Gutachten abholen?"

„Ich habe Ihre Adresse. Ich würde einfach gern –

noch einmal mit Ihnen reden. Wäre das möglich?"

Er will mit ihr reden. Noch einmal will er mit ihr reden.

„Natürlich wäre das möglich." Sie weiß nicht, ob das stimmt. Ist es möglich? Ist noch irgendwas möglich? Sie fühlt sich benebelt – eingehüllt in eine dunkle Wolke. Was ist mit diesem Gutachten los?

„Mein Mann ist allerdings nicht da. Außerdem bekomme ich später Besuch. Drängt es?"

„Das hängt von Ihnen ab. Wir können uns gern nächste Woche treffen."

„Nächste Woche? Warum nächste Woche?"

„Nun, heute ist Freitag, Frau Lüttke-Berner. Ich habe gleich offiziell Schluss." Warum ruft er dann an? Sie braucht das Gutachten. Sie braucht es schnell. Sie hat nicht Zeit bis nächste Woche.

„Mir wäre es lieber – ", sie schluckt. Ihr fehlt Spucke im Mund. „Mein Mann ist nicht da, aber ich kann mir nicht vorstellen, jetzt das ganze Wochenende zu warten – "

Sie hält inne. Sie weiß, dass das nicht gut ist. Sie darf nicht panisch werden. Nicht hysterisch. Das hat sie schon beim ersten Gespräch gemerkt. Besonders Holwitt hat reagiert, als sie zu weinen begann.

„Ich will sagen, vielleicht könnten wir das doch noch heute erledigen."

„Ehrlich gesagt, mir wäre das auch lieber. Aber wenn Ihr Mann nicht da ist …"

„Dann sprechen wir ohne meinen Mann. Das ist kein Problem." Ist es vielleicht doch ein Problem? Schafft sie das ohne Karl?

„In Ordnung, dann schaue ich gleich bei Ihnen vorbei." Er schaut vorbei. Ein Fehler! Sie hätte doch bis nächste Woche abwarten sollen. Mit Karl wäre es leichter gewesen. Aber jetzt eine Kehrtwende machen? Das wirkt unentschlossen. Das *ist* unentschlossen.

„Wir wohnen in der Nähe des Landgestüts. Florestanweg, das gehört zum Neubaugebiet nördlich der Ems."

„Ich weiß, wo Sie wohnen. Ich will sagen: Ich kenne mich aus. Ich selbst wohne in Milte. Damit liegen Sie praktisch auf meinem Weg. Ist es Ihnen in einer Viertelstunde recht?"

„In einer Viertelstunde ...", Bea schaut sich um. Kann er in einer Viertelstunde kommen? Wie muss ihr Wohnzimmer aussehen, damit sie sich als Adoptivmutter qualifiziert? Alles ist ordentlich. Sie hat aufgeräumt für das Wochenende mit ihren Freundinnen.

„Super", sagt sie. „Ich warte auf Sie."

Simone ärgert sich. Offensichtlich hat sie Chris auf dem falschen Fuß erwischt. Ihre Freundin ist zwar forsch, aber noch nie hat Simone erlebt, dass sie einfach so auflegt. Dabei hat sie ihr gar keinen Vorwurf machen wollen. Sie wollte nur hören, wie es ihr geht. Ob sie manchmal daran denkt. Mein Gott, sie haben zu dritt zwei Männer umgelegt! Da kann man doch mal fragen, wie die anderen das sehen.

Na ja, vielleicht nicht unbedingt am Telefon. Simone sinkt in sich zusammen.

Und denkt an Weber.

Mit Weber ist nicht zu spaßen gewesen. Ein Discount-Apotheker ohne viel Ahnung. Als er seine berufliche Zukunft bedroht sah, ist er ungemütlich geworden. „Zwei Apotheken in so einer kleinen Stadt, das verträgt sich einfach nicht."

Simone fand schon, dass sich das verträgt. Jedenfalls hatte sie nicht vor, ihre Apotheke wieder zu schließen.

Erst erfolgte ein Übernahmeangebot. Als Simone das ausschlug, kam eine massive Drohung. Weber stand plötzlich vor ihrer Tür. Nicht im Laden, sondern privat. Sie hat ihn nach drinnen gebeten. Das war der Fehler. Mit einer plötzlichen Bewegung hat er sie an der Kehle gepackt und gegen die Garderobe gepresst. „Wenn du in einer Woche nicht weg bist, wirst du dein blaues Wunder erleben!" Wie zur Bestätigung hatte er seinen Körper an ihren gestemmt – und Simone bekam eine Ahnung, woran er da im Einzelnen dachte.

Es war abstrus. Jeder anderen Frau hätte Simone nur einen Rat gegeben: Sofort zur Polizei! Sie selbst aber ging nicht. Weil sie sich schämte. Und weil sie das Gefühl hatte, dass ihr eh keiner glaubt. Weber war ein alter Hase, der in den besten Kreisen verkehrte. Mit dem Bürgermeister, dem Rechtsanwalt und den Unternehmern vor Ort ging er zu den Lions, mit dem Leiter der Polizeiwache war er per Du.

Fünf Tage nach Webers Übergriff wurde sie nachts von ihrer Vermieterin aus dem Schlaf gerissen. In der Apotheke war Feuer gelegt worden. Die Polizei stellte zwar Brandstiftung fest – angeblich waren zwei Jugendliche in der Nähe gesehen worden – handfeste Spuren gab es aber nicht.

Simone war tatsächlich drauf und dran gewesen, die Waffen zu strecken – bis Chris am Telefon den einen Satz sagte: „When shall we three meet again?"

Die Sache lief glatt. Ottokar Weber ist eine Treppe hinuntergestürzt. Nach Simones Alibi hat nicht mal jemand gefragt. Eigentlich schade. Simone war bestens versorgt. Bea und Chris hatten sich um alles gekümmert.

Das ist jetzt sechs Jahre her. Simone betreibt nun die einzige Apotheke am Ort. Vielleicht wird sie aber demnächst in der Nachbarstadt eine zweite eröffnen.

„Ich hoffe, wir müssen es nie wieder tun", hatte Bea gesagt, als sie sich zwei Wochen nach der Weberschen Beerdigung zu einer Nachbetrachtung getroffen hatten.

„Wenn, dann bist du an der Reihe", hatte Chris gemeint, vom Sekt schon ein bisschen beschwipst. „Einmal ist's um mich gegangen, einmal um Simone. Als Nächste bist du am Zug! Sag uns einfach Bescheid!"

„Kein Bedarf!", hatte Bea gesagt. „Was ich mir wünsche, kann man so nicht erreichen."

Die gute Bea. Sie tut Simone so leid. Da hat sie als Einzige den Mann fürs Leben gefunden. Und ist doch kreuzunglücklich, weil ihr die passenden Kinder fehlen.

„Ich ruf sie noch mal an", denkt Simone. „Irgendwann muss die Frau doch ans Telefon gehen."

Als Chris das „Warintharpa" betritt, ist ihre Stimmung wieder okay. Was ist schon passiert? Simone hat gefragt, wie es ihr geht. Wie es ihr damit geht. Das ist völlig normal. Sie fragt sich das ja selbst oft genug. Wahrscheinlich hat sie genau deshalb nicht besonders cool reagiert.

Simone sitzt bei Kaffee und Kuchen am großen Fenster mit Blick auf die Laurentiuskirche. Instinktiv bleibt Chris stehen und betrachtet ihre Freundin einen Moment. Simone sieht toll aus. Die blonden Locken, das supergepflegte Gesicht, die füllige, aber extrem attraktive Figur – die Frau hat echt Stil. Neben ihr kommt Chris sich mit ihrem sportlichen Kurzhaarschnitt immer vor wie ein Kerl. Im nächsten Moment dreht Simone sich um und springt auf: „Ich freu mich so, dich zu sehen!"

Dann werden erst mal Tüten beiseitegeräumt – Simone muss halb Warendorf leergekauft haben.

„Geht schon", sagt Chris, streift ihre Lederjacke ab und legt sie neben sich auf die Holzbank. Im Hintergrund ist Radio Warendorf zu hören. Jemand stellt die aktuelle Kriminalitätsstatistik im Kreis Warendorf vor.

„Hast du inzwischen etwas von Bea gehört?" Chris greift sich die Karte.

„Nicht erreicht. Es läuft immer nur der Anrufbeantworter."

„Vielleicht ist sie noch los, besorgt etwas. Meist macht sie sich ja viel zu viel Stress."

„Ich hoffe nur, sie ist – hm – stabil", Simone rührt in ihrem Kaffee. „Bei unserem letzten Telefonat wirkte sie ziemlich verzweifelt."

„Sie hätte nicht aufhören dürfen zu arbeiten. Nachdem sie an der Overbergschule ausgesetzt hat, geht es doch nur noch bergab. Kein Wunder! Wenn man zu Hause hockt und auf eine Schwangerschaft wartet, muss man doch durchdrehen."

„Der Frauenarzt hat es ihr geraten. Bei dem Stress, den sie hat, klappt es nicht, hat er gesagt."

„Bei zu viel Erwartungsdruck klappt es auch nicht, sage ich." Chris weiß, dass sie unsensibel klingt. Sie kann es nicht ändern. Im Radio sagt gerade jemand, die Zahl der Verkehrstoten sei auf einem historischen Tief.

„Immerhin hat sie einen Kurs gegeben. In der Landvolkshochschule in Freckenhorst", Simone leckt gekonnt ihren Kaffeelöffel ab. „Irgendwas mit Musikpädagogik."

„Na toll. Das ersetzt doch nicht ihren Beruf." Wieder ist Chris schroffer, als sie eigentlich will. Simone scheint das zum Glück nicht zu stören.

„Der gute Karl", seufzt sie unvermittelt, aber sehr überzeugend, „es ist eine Schande, dass er sein Erbmaterial nicht ausschütten kann."

„Simone!" Chris haut's gleich vom Hocker. Ihre Freundin ist ja heute richtig in Fahrt!

„Ist doch wahr. Auch wenn er den Mund nicht aufkriegt. Er sieht aus wie ein Gott. Mit ihm würde sich jede Fortpflanzung lohnen."

„Du bist unmöglich! Gleich fängst du an, von der Hengstparade zu schwärmen!"

„Die Wechseljahre sind nicht mehr weit", Simone grient. „Da darf man gelegentlich so etwas sagen."

„Ich nehme eine Altbierbowle", sagt Chris, als die Bedienung vorbeikommt. „Ist zwar noch früh ..."

„Ach was", sagt Simone, „besser zu früh als zu spät!"

„Jetzt wird's ja langsam was mit dem Frühling", Holwitt macht auf locker. Dabei ist er alles andere als locker. Er ist angespannt. Bea merkt es genau. Ihren eigenen Zustand möchte sie lieber nicht definieren. Irgendwo kurz vor dem Nervenzusammenbruch.

„Setzen Sie sich doch", kriegt sie gerade so auf die Reihe.

„Schön, dass es noch geklappt hat", Holwitt lässt sich auf einem der Esszimmerstühle nieder. „Wissen Sie, am Montag ist Teamsitzung, da würde ich zu Ihrem

Fall gern etwas sagen. Und das möchte ich nicht tun, ohne vorher mit Ihnen gesprochen zu haben."

„Ich verstehe nicht recht." Bea setzt sich ebenfalls hin. Stocksteif sitzt sie da. „Es war alles klar mit Herrn Deitmann. Hat er das Gutachten noch gar nicht geschrieben?"

„Er hat ein Gutachten geschrieben, allerdings bin ich nicht sicher, ob ich das so übernehmen will."

Bea wird schlecht. Sie muss an sich halten, sich zusammenreißen, kämpfen. „Können Sie mir das näher erläutern?"

„Verstehen Sie mich nicht falsch, Frau Lüttke-Berner, aber ich bin nicht so sicher wie Herr Deitmann, ob ich Sie zur Adoption empfehlen kann."

„Wie bitte?" In ihren Ohren rauscht es.

„Vielleicht ist jetzt einfach nicht der richtige Zeitpunkt für Sie. Sie wirken etwas – labil."

„Labil?"

„So, als hätten Sie sich nervlich nicht im Griff. Sie verstehen, was ich meine?"

Bea versteht gar nichts. Natürlich ist sie mit den Nerven am Ende. Seit acht Jahren versucht sie, ein Kind zu bekommen. Sie hat zig Therapien hinter sich. Wie soll man sich fühlen, wenn man acht Jahre lang diesem Druck ausgesetzt ist? Relaxed? Gutgelaunt?

„Ich muss als Erstes an das Kindeswohl denken. Ein Adoptivkind braucht eine starke Mutter. Eine, die etwas aushalten kann. Wenn es tatsächlich zur Kindesaufnahme kommt, muss gewährleistet sein, dass Sie mit den anstehenden Schwierigkeiten fertig werden. Ich bin sicher, Herr Deitmann hat mit Ihnen darüber gesprochen, dass mit der Adoption die Anforderungen überhaupt erst beginnen."

„Natürlich hat er das", Bea schießen die Tränen in die Augen. Sie kann sie nicht zurückhalten. „Er hat hundertmal erklärt, was uns erwartet. Er hat uns Fälle vorgestellt. Ich habe unendlich viele Bücher gelesen. Außerdem bin ich im Schuldienst. Ich kenne mich aus", die Tränen rinnen ihr jetzt über die Wange. „Ich weiß, dass das Kind eine starke Mutter braucht, ich weiß das, und ich bin doch – stark." Das letzte Wort spricht sie nicht mehr aus. Sie kann den Damm nicht mehr halten. Alles bricht hervor. Der Frust der letzten Jahre. Die Anspannung. Die Erwartung der Umwelt. Karls enttäuschte Augen.

„Oh je", Holwitt ist aufgestanden und kommt zu ihr herüber. Er drückt ihren Kopf an seinen Bauch. „Oh je", sagt er wieder mit heiserer Stimme. „Oh je."

Bea kann nicht klar denken. Alles dreht sich. Ein Fiepen in ihrem Ohr.

Er hat sie gestreichelt wie ein Kind, hat sie an sich gedrückt, ihren Kopf nach unten geschoben. Nein, hat sie gedacht. Nein! Nicht so! Das ist es nicht wert! Sie hat ihren Kopf nach oben zu drücken versucht, ohne Erfolg. Seine Hand war kräftig. Sie drückte auf ihren Nacken. Karl, hat sie gedacht. Hilf mir doch, Karl! Hilf mir hier raus! Und dann – wie aus dem Nichts – hat es geläutet. Das Telefon hat geschellt. Diesen kurzen Moment der Verwirrung hat sie genutzt. Er hat die Hand gelockert und sie hat sich weggeschoben von ihm.

„Das Telefon", hat sie geflüstert.

„Das Telefon soll uns nicht stören."

„Doch!", hat sie verzweifelt gerufen, ist aufgesprungen und hat gleichzeitig Simones Stimme gehört. Auf dem AB.

„Wo bist du denn, Süße? Wir sind schon in Warendorf und haben ein Bier auf dein Wohl getrunken. Gleich sind wir da!"

„Meine Freundinnen", hat sie mit schwacher Stimme gewispert, „sie sind unterwegs."

Von einem Augenblick auf den anderen hat er umgeschaltet. Hat sein Jackett gerade gezogen, seine Aktentasche an sich genommen.

„Wie gesagt, Frau Lüttke-Berner, am Montag ist unsere Teambesprechung. Ich glaube nicht, dass ich mich unter diesen Umständen für Ihre Adoptionsfähigkeit aussprechen kann."

Im nächsten Moment ist er aus der Haustür gewesen.

Sie hat es kaum bis zum Sofa geschafft. Noch immer dreht sich alles um sie herum. Die Zeit verschwimmt. Irgendwann klingelt wieder das Telefon. Sie kann nicht drangehen. Sie schafft es nicht bis zum Hörer. Der AB springt an.

„Hey, Bea, meld dich doch!" Chrissis Stimme diesmal. Sie hört sich an, als hätte sie nicht nur ein, sondern zwei Bier getrunken. „Was machst du gerade? Willst du uns überhaupt sehen?"

„Oh ja", flüstert Bea, auch wenn Chrissi sie nicht hören kann. „When shall we three meet again?"

Vier Stunden später hat Simone das Gefühl, sie steht in einem Film.

„Ein Pferdeanhänger wäre hilfreich", sagt Chris in ironischem Ton.

Chrissis Geländewagen ist schon geräumig, dennoch müssen sie an Holwitts Fahrrad das Vorderrad abschrauben, um es unterbringen zu können. Er selbst liegt in einem blauen Müllsack. Eigentlich sind es zwei, in einen einzelnen hat er natürlich nicht reingepasst. Einen haben sie von oben über die Leiche gestülpt, einen von unten. So liegt er im Wagen.

Bea steht auf dem Weg und schaut sich ängstlich um. Zum Glück ist weit und breit niemand zu sehen. Die Leute sitzen zu Haus vor der Glotze und freuen sich, dass die Woche vorbei ist.

Nur Holwitt, er hat noch mal nach draußen gewollt. Sie hatten schauen wollen, wo er wohnt, was für Möglichkeiten es gab. So hatten sie ein paar Minuten mit dem Auto an der Straße gestanden, dreihundert Meter entfernt von seiner Wohnung. Ein roter Backsteinbau in Milte, neben einer Bäckerei.

Dann plötzlich hat Bea aufgeschrien und sich im Auto nach unten geduckt. Da kam jemand aus dem Haus, in knatschengem, papageifarbenem Fahrraddress und mit Rennrad über der Schulter.

„Der muss sich abreagieren", hat Chris gemeint, als Holwitt auf dem Rennrad das Grundstück verließ. Sie folgten ihm in sicherem Abstand, auch als er in Velsen plötzlich auf einen Feldweg abbog, links in ein Wäldchen.

„Das ist unsere Chance!", rief Chris, als die Milter Straße nicht mehr in Sichtweite war. „Simone, gib Gas!"

Simone war unsicher. „Aber Bea ist dabei", stotterte sie. „Es ist besser, wenn Bea ein Alibi hat." Sie warf einen Blick nach hinten, wo ihre Freundin noch immer in

Duckhaltung saß.

Auch Chris blickte sich um. „Bea, bist du bereit?"

Kurzes Zögern. Dann ein knappes: „Jetzt oder nie!"

Nun müssen sie nur noch die Altlast entsorgen. Sie selbst war für den Aasee. Dann könnten sie nachher noch in Münster essen gehen.

Chrissi ist das zu weit. Sie hat keine Lust, so lange mit der Leiche spazieren zu fahren.

„Wir nehmen den Emssee", sagt schließlich Bea. „Manchmal liegt das Gute direkt vor der Tür."

„Mama, da schwimmt was!" Gregor lehnt sich aus dem Ruderboot heraus.

Unweigerlich zuckt Bea zusammen. Obwohl das Ganze schon sechs Jahre her ist. Obwohl die Leiche schon bald danach entdeckt worden ist. Eine Zeitlang wurde Holwitts Ex-Freundin verdächtigt. Letztendlich ist der Fall nie aufgeklärt worden. Schlecht für die Kriminalitätsstatistik im Kreis.

Schließlich ist Bea beruhigt und zieht ihren Sohn sanft zurück. „Das hat jemand weggeschmissen", sagt sie, „eine Plastikflasche. Manchmal werfen die Leute ihren Müll einfach ins Wasser."

„Blöde Leute", murmelt Gregor. „Die sollen das zu Hause in den Mülleimer tun!"

„Stimmt", sagt Bea und streicht ihrem Sohn über den Rücken.

„Wenn Leute so richtig blöde Sachen tun, was macht man dann am besten mit denen?"

„Schwierige Frage", Bea seufzt. „Manchmal weiß ich das selbst nicht genau. Wenn es etwas richtig Blödes ist, bespreche ich mit meinen Freundinnen, was am besten zu tun ist."

„Die auf dem Foto?", fragt Gregor.

"Genau, Simone und Chris."

„Die waren lange nicht mehr da."

„Stimmt, wir sehen uns nicht mehr so häufig."

„Warum? Habt ihr euch gestritten?"

„Das nicht, aber irgendwie haben wir genug gemeinsam erledigt."

„Das verstehe ich nicht!" Dann plötzlich springt Gregor vor Aufregung auf. „Da ist Papa!"

Bea legt ihm den Arm um die Hüften, damit das Boot nicht ins Kentern gerät. Tatsächlich steht Karl am Ufer und winkt. Er ist also nachgekommen, als er ihren Zettel gesehen hat. Gregor hat ihn diktiert, Bea geschrieben: „Lieber Papa, wir gehen erst Pferde gucken und dann rudern. Komm doch nach, wenn du kannst."

Karl ist wirklich gekommen. Er ist ein phantastischer Vater.

„Ich freu mich so!", sagt Gregor.

Und Bea sagt: „Ich auch!"

Plan E wie Eversberg

Warum, verflixt noch mal, kommt der Pastor nicht zur Sache? Er soll doch nur unseren neuen Marktplatz einweihen! Die Warterei macht einen ganz nervös. Na ja, ist vielleicht auch kein Wunder – nach allem ...

Es begann an einem Dienstagabend, das weiß ich noch genau. Treffen der Lenkungsgruppe im alten Sitzungssaal. Werner hatte von der Planung des neuen Marktplatzes berichtet, Jüppel hatte irgendeine dämliche Frage gestellt, dann war man zum Punkt Verschiedenes gekommen.

„Am Glascontainer sieht es dermaßen schlimm aus", erklärte Berthold. Berthold ist immer etwas kleinkrämerisch. Kein Wunder – Eisenwaren, Schlüsseldienst, Schrauben und Dübel. Wenn er noch auf Arbeit ist, sagt man über ihn „Er ist noch bei Muttern".

Es begann eine Diskussion, die wir schon hundertmal geführt hatten. Wie immer brachte sie uns irgendwann zu den Hundehaufen auf der Kirchwiese, zu ungepflegten Blumenkästen am Ortseingang und zu dem alten Tretbecken, das aussah wie Sau.

Ich beteiligte mich nicht. Ich war zu müde für Kleinscheiß. Auch wenn er auf der Kirchwiese lag.

Werner fand irgendeine Lösung, die keine war, und fragte, ob noch etwas anläg.

„Rolf Sielbeck", sagte Manni, ohne jemanden anzusehen. „Franziska hat da etwas gehört."

Sofort hatte er die gesamte Aufmerksamkeit. Manni

sagte nicht viel, aber wenn er etwas sagte, hatte es Hand und Fuß.

„Was ist mit dem Doc?", bohrte Hannes nach.

Manni drehte konzentriert seinen Kuli in der Hand. „Meine Frau kennt ihn ja ganz gut. Die beiden haben mal eine gemeinsame Herzsportgruppe ins Auge gefasst", Manni runzelte die Stirn. „Jedenfalls denkt er daran, Eversberg zu verlassen. Wegen seiner Freundin."

Stille im Raum. Es dauerte ganze vier Sekunden, bis allgemeines Entsetzen ausbrach.

„Der Doc?" „Wegziehen?" „Wo er doch gerade erst in Eversberg seine Praxis aufgebaut hat!"

Ich muss gestehen, auch ich war wie vor den Kopf geschlagen. Jahrelang hatten wir für unser Dorf einen Allgemeinmediziner gesucht. Wir hatten mietfreie Praxisräume zur Verfügung gestellt und mit Rolf Sielbeck endlich jemanden gefunden, der sich im Sauerland selbstständig machen wollte. Der sich selbstständig gemacht *hatte*. Was war da los?

„Moment mal!", rief Werner die Männer zur Ruhe. „Manni, was genau hat Franziska gehört?"

„Na ja, er hat da diese Freundin – die, die er letztens auf dem Schützenfest dabeigehabt hat. Diese Schnickse! Sie ist der Grund, warum er hier wegwill."

Schnickse war ein passender Ausdruck. Die Frau trug Stiefel bis zum Hals – und dazu eine Wachskappe, von der Städterinnen dachten, man trüge sie bei uns auf dem Land.

„Wo ist die denn weg, diese Schnickse?", wollte Jüppel wissen.

„Aus Hamburg", brummelte Manni. „Rolf hat sie im Walburga-Krankenhaus kennengelernt. Sie arbeitet bei einem großen Magazin und hat eine Reportage gemacht – über die Mescheder Pockenepidemie von 1970."

„Ist doch eiskalter Kaffee!", brummte Berthold, als würde das irgendwas helfen.

„Auf jeden Fall hat der Doc Franziska erzählt, er könne sich vorstellen, mit dieser Schnickse nach Hamburg zu gehen – und dort eine Praxis zu eröffnen. Angeblich hat sie gute Kontakte – durch ihren Vater."

Entrüstetes Gemurmel setzte ein. Rolf war einer von uns geworden. Jedenfalls hatten wir das immer gedacht. Und jetzt ließ er sich von einer dahergelaufenen Reporterin weglocken, nur weil deren Papa gute Beziehungen hatte?

„Moment, Moment!", Werner klopfte aufgeregt auf den Tisch. „Wie konkret ist das?"

Ich sah, was in ihm vorging. Nicht nur, dass uns der Hausarzt von der Fahne ging. Auch ein Meilenstein in dem Wettbewerb „Unser Dorf hat Zukunft" bröckelte munter vor sich hin. Ich meine, man muss sich mal vorstellen, wie viel Energie wir schon dort hineingesteckt hatten! Andere Dörfer nehmen ihr Schicksal einfach hin! Die Bevölkerung schrumpft, der Tante-Emma-Laden schließt, die Kneipe macht dicht, Immobilienpreise sinken in unermessliche Tiefen und irgendwann lohnt sich keine Grundschule mehr. Ein Siechtum, das schon viele Dörfer erfasst hat – gegen das Eversberg jedoch den Kampf aufgenommen hat! Wir wollen unser Dorf am Leben erhalten! Deshalb treffen wir uns jeden Samstag und legen Spazierwege an. Deshalb pflanzen wir Hecken und organisieren regelmäßig Konzerte. Kurzum: Wir zeigen: Das Landleben ist attraktiv! Und: Bei uns stimmt die Infrastruktur! Allerdings gehört dazu auch ein Arzt. Den haben wir mit Rolf Sielbeck endlich gewonnen – zumindest hatten wir das bislang gedacht.

„Es ist so", Manni sprach bedächtig. Das war seine Art. „Der Doc ist ja hergezogen, weil seine Mutter in Berge gewohnt hat. Und ihr wisst ja alle, dass die vor einem halben Jahr gestorben ist. Wahrscheinlich hat er jetzt keinen Grund mehr, in Eversberg zu bleiben."

Wieder entrüstetes Gemurmel. Keinen Grund, in Eversberg zu bleiben!

„Franziska sagt, Rolf sei selbst untröstlich", schien Manni unsere Gedanken zu lesen, „und diese Sache sei auch noch gar nicht entschieden. Aber ihr wisst ja, wie das ist: So eine Frau kann einen ganz schön um den Finger wickeln."

Zustimmendes Gemurmel. Es war so viel angenehmer, dass sie die Böse war und nicht unser Doc.

Dann endlich ergriff Werner das Wort. Werner ist in gewissem Sinne unser Chef. Er ist Ortsvorsteher, er leitet den Lenkungsausschuss und fasste deshalb zusammen: „Ich glaube, wir sind uns einig: Rolf darf nicht hier weggehen!" Alle nickten. Ich auch.

„Dann müssen wir jetzt Konzepte entwickeln, wie wir ihn daran hindern können. Ich höre."

Allgemeines Schweigen setzte ein. Wahrscheinlich war es leichter, den Schlossberg umzuschaufeln als eine Beziehung zu manipulieren. Umso erstaunlicher, dass schließlich Jüppel das Wort ergriff. Jüppel hat von Beziehungen so viel Ahnung wie unser Dackel vom Börsengeschäft. „Das Problem ist ja wohl, dass der Rolf keine Frau hat."

Niemand reagierte, denn die Sache war ein wenig

delikat. Der Jüppel hat ja auch keine Frau. Wahrscheinlich, weil er etwas begriffsstutzig ist. Und weil er mit seinem Cordhut aussieht wie eine der Holzfiguren oben am Lörmecke-Turm.

„Wenn wir jetzt dem Doc eine andere Frau besorgen – eine, die gern in Eversberg lebt – vergisst er vielleicht die Tussi aus Hamburg."

Der Gedanke war gar nicht so schlecht. Für jemanden wie Jüppel war der Gedanke sogar sensationell. Hätte er nur auf den Nachsatz verzichtet: „Meine Schwester Gerda wäre vielleicht interessiert."

Ein verlegenes Räuspern war zu hören. Rolf Sielbeck war ein attraktiver Typ, Jüppels Schwester dagegen ... Anders ausgedrückt: Die Holzfiguren am Lörmecke-Turm waren beides Männer – ein Eversberger und ein Warsteiner, die ihre Freundschaft besiegeln. Wenn unser Förster auch noch eine Frau gesägt hätte, hätte sie vermutlich ausgesehen wie Gerda.

„Du greifst da etwas Interessantes auf", rettete uns Werner wieder einmal. „Warum will diese Frau nicht in Eversberg wohnen?"

Alle zuckten ratlos die Schultern.

„Na ja, sie kennt hier niemanden", brachte schließlich Berthold vor. „Vielleicht bräuchte sie eine Freundin in Eversberg."

Man grummelte zustimmend. Jüppel hob die Hand. Er würde gleich seine Schwester Gerda vorschlagen.

„Wie ist es mit Franziska?", wandte ich mich an Manni.

„Genau, Franziska!", stimmte Hannes zu. „Sie hat doch ihre Ausbildung zur Krankengymnastin in Düsseldorf gemacht – die kennt sich aus mit den Städtern."

Manni zuckte hilflos mit den Achseln. „Ich weiß nicht ..."

„Kann sie nicht mal mit ihr joggen gehen?", überging Werner sein Zögern. „Rolfs Tussi kommt doch immer am Wochenende, und wenn Rolf Dienst hat, könnte Franziska sich mal um sie kümmern."

„Ich kann es ihr vorschlagen", Manni wirkte überfahren, „aber ich bin nicht sicher, ob sie mitmacht. Wir sollten noch weiter überlegen. Einen Plan B entwickeln, wenn ihr versteht, was ich meine."

Natürlich verstanden wir, was er meinte. Wir hießen ja nicht alle Jüppel.

„Denken wir mal andersherum", meinte Berthold irgendwann. „Wenn die Tussi plötzlich einen anderen Mann hätte, dann wäre Rolf außen vor und bliebe bei uns."

Werner runzelte die Stirn. „Einen anderen Mann ... und wo kriegen wir den her?"

Jüppel hob schon wieder die Hand, ich ahnte das Schlimmste.

Berthold kam ihm dankenswerterweise zuvor. „Aus dem Internet vielleicht?"

„Da kenne ich mich zu wenig aus", Werner lehnte sich zurück. Plan B gefiel ihm offenbar nicht. „Aber kümmer dich drum! Such ihr einen Hamburger, mit dem sie dort leben will! Auch wenn mir schleierhaft ist, wie du die beiden zusammenbringen willst. Weitere Vorschläge? Ideen für Plan C?"

„Rolf bekommt ja die Praxisräume fünf Jahre mietfrei", brachte ich vor. „Wir verlängern den Zeitraum."

Werner wiegte den Kopf hin und her. „Ich fürchte, das wird ihn nicht halten."

„Wir geben der Tussi Geld, damit sie Rolf in Ruhe lässt." Ein typischer Jüppel-Vorschlag. Jüppel arbeitet seit dreißig Jahren im Lager bei Veltins. Manchmal habe ich das Gefühl, die zwei Liter Bier, die Jüppel pro Arbeitstag kriegt, haben ihn mit der Zeit überfordert.

„Na toll! Wenn der Doc davon hört, sind wir ihn in jedem Fall los", Hannes verschränkte die Arme vor der Brust. Auch Plan D war gestorben. Und irgendwie war jetzt die Luft raus.

Dann allerdings beugte sich Manni ein klein wenig vor. „Franziska hat da so etwas gesagt", meinte er nachdenklich. „Es war aus dem Bauch heraus, aber ich sag es einfach mal." Die Spannung stieg. „Franziska hat gesagt: ‚Die Frau muss verschwinden'."

Alle schwiegen. Und alle dachten dasselbe: Franziska hat recht!

„Das wäre dann Plan E", resümierte Werner. „Plan E für Eversberg."

Noch eine ganze Weile Schweigen, dann wagte ich einen Vorstoß.

„Darf ich mal fragen: Was stellt ihr euch da ganz genau vor?"

„Na, dass sie halt weg kommt", erklärte Jüppel pragmatisch. „Ich find das gut."

„Wie – weg?"

„Na ja, nur mal so ins Blaue gesprochen", Hannes wirkte etwas verlegen. „Wenn die Tussi plötzlich vom Lörmecke-Turm abstürzen würde, dann wäre das Problem nicht mehr da."

Ich stellte mir das vor. Ich stellte mir vor, wie jemand die Tussi vom Lörmecke-Turm schubste und wie sie dann nach zwei Metern im Gestänge hängenblieb.

„Genausogut könnte sie von der Autobahnbrücke fliegen", ergänzte Berthold. „Oder Franziska macht einen Ausflug zum Hennesee mit ihr und kommt vom Tretbootfahren alleine zurück."

Manni feixte. „Oder Jüppel könnte mit ihr Pilze sammeln gehen."

Allgemeines Gelächter. Plan E machte Spaß!

„Wir lassen das einfach mal sacken", fasste schließlich Werner zusammen. „Gemäß Plan A nimmt Franziska Kontakt zu der Schnickse auf und versucht, ihr Eversberg schmackhaft zu machen. Wenn das nicht klappt, dann sehen wir weiter. Nächste Woche kann Manni berichten, bis dahin kein Wort zu irgendwem."

„Wird gemacht", Jüppel schob seinen Stuhl zurück. „Ich erzähle es nicht mal meiner Schwester."

Zum Treffen in der kommenden Woche erschienen alle pünktlich – und noch jemand zusätzlich: Franziska.

„Ich habe Jette getroffen", erklärte Franziska in dem ihr eigenen, sachlichen Ton.

„Jette?" Jüppel guckte irritiert. „Hieß so nicht mal ein Modell bei VW?"

„Das ist die Freundin vom Doc", wischte Manni mögliche Autodiskussionen vom Tisch.

„Ich hab sie samstagmorgens bei Droegen beim Brötchenholen getroffen und gefragt, wie sie sich bei uns im Sauerland fühlt."

„Und?" Alle hingen an Franziskas Lippen. Sie hatte ganz nebenbei ziemlich aufregende Lippen. Ich war mir nicht sicher, ob Manni das nach zwanzig Jahren ausreichend zu schätzen wusste. Die beiden waren seit ihrer Jugend ein Paar.

„Sie hat gemeint, um das Wochenende zu planen, habe sie im Internet den Mescheder Veranstaltungskalender durchforstet. Sie wüsste nicht, worauf sie sich mehr freuen solle: auf den Almabtrieb in Freienohl oder das kfd-Kaffeetrinken in Remblinghausen."

„Moment!", ging Werner grätzig dazwischen. „Die tut ja, als wären wir die letzten Deppen. Weiß die eigentlich, dass wir in Eversberg mit „Markes Haus" eine Künstlerstätte etablieren?"

„Stimmt!", schimpfte Berthold. „Außerdem – war sie schon mal in der Abtei Königsmünster? Zu einem Vortrag oder einem Konzert?"

„Rolf könnte auch mal mit ihr zu einem Blaskonzert gehen", schlug Hannes vor, „Sauerland-Herbst. Das ist richtig international."

„Was hat sie denn zu Eversberg gesagt?", versuchte ich zum Thema zurückzukommen.

Franziska überlegte. „Na ja, ganz nett, die alten Fachwerkhäuser und so, aber wohnen möchte sie hier nicht. Zumal sie beruflich keine Perspektive im Sauerland sieht. Sie hat es ganz offen gesagt: Sie will nicht bis in alle Ewigkeit nach Eversberg düsen. Wenn alles gutgeht, hat sie den Doc bis zum Sommer nach Hamburg geholt."

„Schöne Scheiße", fasste Hannes zusammen und sprach uns irgendwie aus der Seele.

„Wie man's nimmt", Werner kratzte sich die Stirn. „Dann verfolgen wir eben Plan E."

„Für E wie Eversberg", murmelte Hannes.

„Und E wie Ewigkeit", fügte Berthold hinzu.

„Ihr wollt das wirklich machen?" Franziskas Augen waren tellergroß. Ich weiß noch, dass ich dachte: Es ist nicht gut, dass eine Frau mit an Bord ist.

„Wie stellt ihr euch das vor?"

Keiner antwortete. Die Sache mit dem Hinunterstürzen war ja auch noch nicht so hundertprozentig zu Ende gedacht.

„Wie wäre es mit den Waffen aus dem Heimatmuseum?", meinte schließlich Berthold.

Keine schlechte Idee.

„Und was macht ihr dann mit der Leiche?" Franziska verschränkte die Arme und lehnte sich provozierend zurück.

„Mit der Leiche?" Hannes schaute, als hätte das eine mit dem anderen nichts zu tun.

„Ich hab mir auch mal was überlegt!" Jüppel ... Ich holte tief Luft.

„Kotthoffs Gertrud sah letztens in der Messe sehr schlecht aus. Wenn sie ins Gras beißt, dann könnten wir die neue Leiche mit in den Sarg tun."

Franziska schaute Jüppel eine Weile einfach nur an. Schließlich beugte sie sich vor und sagte mit verschwörerisch zusammengekniffenen Augen: „Jetzt hört mir mal ganz genau zu!"

Ich muss gestehen, am Ende dachte ich: Gar nicht so schlecht, eine Frau mit an Bord.

Zumal es Kotthoffs Gertrud drei Tage später wieder gutging.

Man kann sagen, was man will – wir haben in Eversberg wirklich eine Menge auf die Beine gestellt: die Altstadt-Pfade erneuert, den Martinsmarkt etabliert und die Erneuerung des Marktplatzes, die heute gefeiert wird, war auch nicht von Pappe. Plan E allerdings war unsere größte Herausforderung. Am Ende haben wir es nur dank einer super Gemeinschaftsleistung geschafft. Manni im Landrover, ich, weil ich der Tiefbauer bin, und Jüppel, indem er einen perfekten Beinah-Exitus hingelegt hat. Berthold und Hannes waren gut in der Logistik, und Werner ist nun mal derjenige, der die Fäden in der Hand hält.

Wir haben das Ganze an einem Freitagabend erledigt. Diese Jette war in der Dämmerung joggen gegangen, aus Frust, weil Rolf so lange zum Krankenbesuch unterwegs war. Jüppel ging es nämlich wegen vergammelter Pilze sehr schlecht, sodass der Doc ihn quasi ins Leben zurückholen musste. Manni hat indes mit Jette so ziemlich das Gegenteil gemacht – mit seinem Auto. Alles ging Hand in Hand. Nachdem der Doc zu Jüppel unterwegs war, hat sich Franziska mit Jette zum Laufen verabredet, Treffpunkt: oberhalb vom Buchsplitt. Manni hat Jette auf dem Weg dorthin mit seinem Wagen erwischt und sie anschließend im toten Zustand zum Marktplatz transportiert. Ich war dort noch mit Hannes am Baggern und habe sie der untersten Schicht des Fundaments beigemischt. Werner hat sich dann später um Rolf gekümmert. Leider hatte niemand im Dorf Jette gesehen. Man weiß nicht mal, ob sie nicht vor lauter Ärger abgereist ist, denn Berthold hat Jettes Sachen aus Rolfs Haus rausgeholt. Er kennt sich mit Türschlössern aus – Schlüsseldienst halt.

Für Jette ist es natürlich ein tragisches Schicksal, dass sie nun auf ewig in Eversberg bleibt. Aber für uns ist am Ende alles super gelaufen. Wenn man mal davon absieht, dass der Pastor mit der Einweihung des Platzes nicht wirklich vorankommt. Gerade palavert er von „dem guten Grund, auf dem die Dorfgemeinschaft gebaut ist". Noch ein bisschen und ich nehme reißaus.

„Wenn wir uns die Blumen anschauen, die hier in den Beeten wachsen, dann sehe ich den reichhaltigen Dünger, der die Aktivitäten der Dorfgemeinschaft nährt."

Werner hält tapfer seinen feierlichen Gesichtsausdruck bei. Mir persönlich wird es zu viel. Ich trete aus der Reihe und laufe rüber zur Kirche, um den Kopf freizubekommen. Gehe am Haus Plum vorbei, wo der Doc immer noch mietfrei praktiziert. Ich hoffe, es hat sich gelohnt, denke ich, und werfe einen Blick durch die Scheibe – nur um im nächsten Moment zu Eis zu erstarren. Er ist nicht allein. Da liegt eine Frau in seinen Armen. Man könnte auch sagen, sie knutschen hemmungslos rum. Der Doc und Franziska, Mannis Frau. Ich ertappe mich bei dem Gedanken an ihre vollen Lippen beim Küssen. Gleichzeitig ziehen Filme an mir vorbei. Franziska, die mit Rolf eine Herzsportgruppe plant. Franziska, die mit ihm Theater spielt. Franziska, die gern mal allein in die Stadt fährt. Franziska, die mit Manni keine Kinder kriegen kann. Ich wette hundert zu eins, sie hat uns nur benutzt. Ich wette außerdem, dass sie demnächst mit Rolf Sielbeck hier wegzieht. Es sei denn – ja, es sei denn, es fällt uns vorher noch etwas ein. Plan F sozusagen. Plan F wie Franziska.

Gegenüber Mord

Vier, fünf, sechs – da ist er! Unglaublich. Er muss hinter dem Fenster gesessen haben, auch wenn ich ihn dort nicht sehen konnte. Oder er macht es nach Gehör. Auf jeden Fall hat der Mann zu viel Zeit. Eindeutig. Exakt sechs Sekunden, nachdem der Müllwagen seine Tonne geleert hat, steht er in der Haustür, um sie in die Einfahrt zu holen. Das ist doch nicht normal! Normal ist im übrigen auch nicht die Hose, die er da trägt. Oder vielmehr die Art, *wie* er sie trägt. Er zieht sie immer so hoch, dass untenrum alles eng anliegt. Man könnte bei ihm eine urologische Untersuchung vornehmen, ohne dass er sich freimacht! Komischer Kauz, der Herr Brenner. Immer schon, aber seitdem er zu Hause ist, geht es gar nicht mehr. Stundenlang lungert er auf der Straße herum und quatscht Leute an. Neulich hat er Herrn Bongard, dem das Grundstück nebenan gehört und der ihm hoffnungslos ausgeliefert ist, zwanzig Minuten lang von der Arbeit abgehalten. Der Gute wollte seine Einfahrt fegen. Keine Chance, wenn Brenner auf der Pirsch ist. Der ist gnadenlos. Der quatscht auch weiter, wenn man ihn überhaupt nicht beachtet. Er hat einfach zu viel Zeit! Kann er nicht stattdessen mal was Sinnvolles tun? Mein Gott, überall werden Leute für ehrenamtliche Tätigkeiten gesucht. Der könnte sich doch nützlich machen. Essen auf Rädern herumbringen oder bei der Tafel mithelfen oder den Bürgerbus fahren. Aber nicht auf den Müllwagen warten! Letztens habe ich beobachtet, dass er eine

Dreiviertelstunde auf dem Bürgersteig stand und den Gärtnern zusah, die bei Warthammers die Hecke getrimmt haben. Das muss man sich mal vorstellen! In der Zeit hätte er selbst eine Hecke trimmen können. Es ist ja auch nicht so, dass das nur ihn angeht. Es geht die ganze Straße an. Keiner traut sich mehr raus, weil man sofort von ihm angehauen wird. Gut, ich nicht. Von mir weiß er, was ich von ihm halte. Ich habe ihm eine Zeitlang Zeitungsartikel in den Kasten geworfen. Zeitungsartikel, die von sinnvollen Beschäftigungen berichten. Und vom Problem der Überalterung.

Der Punkt ist ja: Jemand wie Brenner weiß überhaupt nicht, wie das Leben bei anderen Leuten so läuft. Er wohnt ja drüben zur Miete. Eigentlich gehört das Haus Johannes Menke. Und der hat es von seinem Vater geerbt. Der junge Menke allerdings wohnt gar nicht dort. Er arbeitet in Stuttgart und kommt nur alle Jubeljahre herüber in seine Dachgeschosswohnung. Der Brenner wiederum tut auf dem Grundstück keinen Schlag. Rasen mähen, Kleinigkeiten am Haus – für alles müssen Handwerker kommen. Und Brenner steht daneben und schaut den Arbeitern zu. Wenn das noch normal ist!

Nehmen wir dagegen mal mich! Mein Mann und ich, wir haben zwei Kinder. Das hält einen natürlich den ganzen Tag auf Trab. Das ist ein ganz anderes Leben als drüben beim Brenner. Gut, unsere Kids sind in der Schule, Ganztag, die kommen erst gegen 16 Uhr heim, aber das heißt ja nicht, dass man in der Zeit davor nichts zu tun hat. Wir wohnen auch nur zur Miete, aber wir pflegen das Haus hier, so gut es geht. Viele machen sich ja keine Vorstellung, was da so alles zu tun ist.

Putzen, die Wäsche für vier Personen, Abendessen vorbereiten ...

Brenner dagegen – ich frage mich oft, was der den ganzen Tag in seiner Wohnung so treibt. Vermutlich sieht es bei ihm aus wie hulle. Ist ja oft so. Wenn die Frau nicht mehr lebt, verkommt der Haushalt des Mannes. So, wie er herumläuft, trifft das auf jeden Fall zu. Auch Brenners Frau ist ja damals nie aus dem Haus gekommen. Ich hab mich eine Zeitlang gefragt, ob sie überhaupt noch lebt. Ich hab mir das sogar vorgestellt, wenn er da stundenlang an der Straße gestanden hat, wie sie leblos in ihrer Wohnung liegt, womöglich schon halb verwest – und keiner kriegt was mit. Und ich hab mir noch viel Schlimmeres vorgestellt: Vielleicht ist sie gar nicht eines natürlichen Todes gestorben! Vielleicht hat er sie kaltblütig gekillt! So, wie der drauf ist, weiß man ja nie! Es reicht ja, wenn er sie die Kellertreppe hinuntergestürzt hat! Ich sehe sie praktisch vor mir, wie sie da vor dem Kartoffelschoss liegt – mit verdrehten Knochen und gebrochenem Genick. Vielleicht hat er ihr aber auch eine Flasche über den Schädel gezogen – er schleppt ja immer Unmengen Mineralwasser ran – bestimmt zwei Kästen die Woche – für sich allein. Ich hab mich schon oft gefragt, wie er das alles trinkt. Der muss ja den ganzen Tag aufs Klo rennen. Erstaunlich, dass er da noch so viel an der Straße stehen kann. Auf jeden Fall kann es sein, dass er seiner Frau damals einen Liter Gerolsteiner über die Rübe gezogen hat. Der Armen ist dabei der Schädel geplatzt, das Gehirn ist über den Kellerboden gequollen – und da hatten sie dann den Salat. Dem Arzt kann er ja nachher alles Mögliche erzählt haben – von wegen, sie sei die

Kellertreppe hinuntergestürzt und dabei sei ihr dann die Flasche Sprudel auf den Schädel geknallt. Wobei – eigentlich glaube ich, dass er's ganz anders gemacht hat. Irgendwie nicht so brutal. Eher unauffällig. Damit er sich nachher keine große Geschichte ausdenken muss. Ich nehme an, er hat sie vergiftet. Er züchtet ja Bonsais. Das ist das Einzige, was er macht – Bonsais züchten. Hat er jedenfalls mal meinem Mann erzählt. Und dafür braucht man doch Dünger, nehme ich an. Und der ist bestimmt nicht gesund, wenn man den in seine Nahrung bekommt. Ich nehme an, dass er gekocht hat, als seine Frau am Ende so krank war. Da ist es ja ein Leichtes, ihr etwas unterzumischen. Ich habe mich mal ein wenig erkundigt. Sie glauben gar nicht, wovon man so stirbt. Und wie leicht es ist, das zu besorgen. Ich bin Friseurin gewesen, bevor ich geheiratet habe. Da hat man mit Chemikalien zu tun - damit kann man eine Großfamilie ins Jenseits befördern!

Hah! Da ist er wieder. Ist in der Zwischenzeit wohl in der Garage gewesen. Die kriegt er umsonst dazu, hat mir der junge Menke erzählt. Das muss man sich mal vorstellen! Der Brenner bezahlt eine Miete, die ist ein Nichts, und dann bekommt er noch umsonst die Garage dazu. Wenn er wüsste, wie gut er es hat. Wir haben keine Garage, dabei könnten wir gut eine gebrauchen, denn mein Mann fährt morgens in aller Frühe zur Arbeit – und da sind im Winter häufig die Scheiben vereist. Aber Brenner, der gar kein Auto mehr besitzt, der hat eine Garage, na toll. Jetzt hat er die Arme vor der Brust gekreuzt und läuft auf und ab, als würde er auf jemanden warten. Super Aktion. Der bekommt doch schon seit Jahren keinen Besuch mehr.

Macht aber auf wichtig, wie er da herumstrolcht. Es ist echt nicht zu fassen. Ich habe das mal aufgeschrieben, wie lange er sich gewöhnlich auf dem Bürgersteig vor seinem Haus aufhält. Vor seinem Haus – was rede ich da? Vor Menkes Haus – der nicht verkaufen will, solange der alte Brenner darin wohnt. Fakt ist: Brenner steht im Schnitt 78 Minuten draußen herum. Ich habe über fünf Tage lang Aufzeichnungen gemacht – alles aufgeschrieben: 7 Minuten am Morgen, nachdem er die Zeitung reingeholt hat. Eine Viertelstunde, wenn die Post gekommen ist, eine halbe Stunde am Nachmittag – immer zu der Zeit, wenn Herr Bongard nach Haus kommt, der Nachbar, den er dann vollquatschen will. Und dann natürlich diese total unmotivierten Aufenthalte den ganzen Tag über. Luft schnappen, wie Brenner immer sagt. So wie jetzt. Er läuft immer noch rum. Sechsmal hin und her – er ist echt nicht ganz dicht! Angeblich hat er's am Herzen, erzählt er jedem, der's nicht wissen will. Und Asthma hat er auch, deshalb die viele frische Luft. Vielleicht sollte er einfach mal lüften. Aber vielleicht hat er sich das abgewöhnt, damals als er die Verwesungsgerüche seiner Frau in der Wohnung halten wollte. Was ich mich ganz ehrlich frage: Warum hampelt er immer vorm Haus rum, der Brenner – auf der Straße? Der Mann hat eine traumhaft schöne Terrasse. Plus einen traumhaft schönen Garten. Ich wäre heilfroh, wenn ich so etwas hätte. Wir haben ja nur Nordseite, da kann man sich im Mantel raussetzen, aber er? Super Außenbereich mit Blick über die Stadt. Unbezahlbar ist sowas. Obwohl – unbezahlbar ist es nicht. Der junge Menke hat uns einen Preis genannt – für den Fall, dass Brenner mal nicht mehr dort wohnt. Und dieser Preis ist bezahlbar! Wir würden ihm das Haus morgen abkaufen. Wir haben ja schon lange keine Lust mehr, Miete zu zahlen. Aber was will man machen? Wir wollen hier im Viertel bleiben, am liebsten bei uns in der Straße – gut, die andere Straßenseite dürfte es schon sein – wegen der Sonne.

Da! Brenner hat wieder jemanden angequatscht. Frau Gerdes, die ein paar Häuser weiter wohnt und gerade ihr Fahrrad vorbeischiebt. Die beiden unterhalten sich – sehr sozial von Frau Gerdes. Brenner deutet auf seinen Bauch. Was möchte er sagen? „Sie könnten mich ja gut mal zum Essen einladen?" Oder: „Ich habe abgenommen. Zwei Kilo. Wollen Sie mal fühlen?" Oder: „Haben Sie mir diese selbstgemachten Pralinen vor die Tür gestellt? Sehr aufmerksam von Ihnen, so nett verpackt und absolut lecker, aber Sie hätten doch einen Absender draufschreiben können!" Er sagt noch etwas, Frau Gerdes runzelt mitfühlend die Stirn, dann zieht sie weiter mit ihrem Fahrrad. „Gute Besserung!", höre ich sie rufen. Aha, dem Herrn Brenner piekt es im Magen. Jetzt steht er ganz strack und hält sich mit beiden Händen den Bauch. Dabei macht er Atemübungen – es sieht jedenfalls so aus. Da scheint ja noch keine gute Besserung eingetreten zu sein. Jetzt geht er ein paar Schritte, nein, falsch, er wankt ein paar Schritte. Dann plötzlich sinkt er in die Knie, die Hände noch immer fest auf den Magen gepresst. Er kann sich nicht mehr halten, fällt nieder. Da liegt er, der Herr Brenner, und krümmt sich. Krümmt sich immer weniger, bis irgendwann Ruhe einkehrt. Sie werden ihn doch wohl nicht aufschnippeln und seinen Mageninhalt analysieren? Wenn ja, findet sich darin ein sehr spezielles Gift. Kann man auch zum Haarefärben verwenden. Nein, sie werden ihn nicht öffnen. Schließlich hat er schon seit Tagen über Herzbeschwerden geklagt – noch gestern bei Herrn Bongard hab ich's gehört. Ich bin gespannt, wann jemand vorbeikommt und ihn findet. ... vier, fünf, sechs ... derweil denke ich schon mal an unser neues Haus mit Garage und Sonnenterrasse.

Überbacken auf Baltrum

Ich bin wohl eher so der Kumpeltyp. Keine Frau, auf die die Männer fliegen. Deswegen hab ich auch noch nie eine richtige Beziehung gehabt. Mit meinem Kollegen Jürgen ist es mal fast so weit gekommen. Aber leider nur fast.

Im Großen und Ganzen finde ich das nicht mehr so schlimm. Man kann sagen: Ich bin drüber weg. Mir sind andere Dinge wichtig. Ich bin ja keine Einzelgängerin. Freundschaften bedeuten mir viel. Daher fahre ich auch oft mit einer Freundin in Urlaub. Im letzten Sommer war ich mit Uschi zusammen in Spanien. Im Herbst dann mit meiner Kollegin Steffie zwei Wochen auf Baltrum. Steffie wollte gern an die Nordsee. Wegen ihres Asthmas. Deswegen bin ich mit ihr hin. Na ja, nicht mit Steffie allein, ihre Kinder waren mit, Janina und Nils. Und ihr Mann kam auch noch nach. Da war es von Vorteil, dass wir ein so großes Ferienhaus hatten. Sechs Zimmer, da kann man nicht meckern. Eine richtige Luxusherberge mit zwei Badezimmern und Sauna im Garten. So etwas gibt es sonst gar nicht auf Baltrum. Baltrum ist ja eher schlicht. Steffie hat die Villa über private Kontakte bekommen. Ein ehemaliger Schulfreund – dessen Eltern – irgendwie so ...

Trotz der tollen Unterkunft war Steffie von Anfang an nicht so supertoll drauf. Obwohl sie sonst ein Temperamentbündel ist, vergrub sie sich abends in ein Buch und hatte gar nicht so gute Laune wie sonst. Ich hab sie natürlich drauf angesprochen – hab sie gefragt, was los ist. Unter Freundinnen kann man schließlich offen sprechen. Aber sie hat nur rumgedruckst, sie fühle sich so ausgelaugt – und überhaupt der Herbst ...

So richtig zufrieden war ich damit nicht. Aber dann habe ich gedacht – so was muss Freundschaft auch mal aushalten können – dass sich eine ein wenig zurückzieht.

Der erste Knatsch passierte dann im Spielehaus. Es war der Tag, als es den ganzen Vormittag geregnet hatte und wir deshalb mittags mit den Kids in die Turnhalle gegangen sind. Erst haben wir eine Weile zusammen gespielt, dann habe ich mir eine Pause gegönnt, während Steffie noch mit den Kindern auf der Hüpfburg herumtobte. Ich bin nicht so sportlich. Eigentlich muss ich sogar ein bisschen abnehmen. Auf jeden Fall hatte ich mich gerade auf eine der Bänke gesetzt und nach den Gummibärchen gekramt, als mich plötzlich ein Mann ansprach. Ein blonder, großer – ganz nett. Ob ich auch mal verschnaufen müsse, hat er freundlich gefragt und sich zwei Plätze weiter gesetzt. Jaja, habe ich gesagt, so viel Kondition wie die Kinder hat man ja nicht. Dabei habe ich unauffällig seine Hände nach einem Ring abgesucht. Er trug keinen, aber das heißt ja nicht viel.

„Wie alt sind denn Ihre?", hat der Typ dann gefragt. Da war es mir fast ein bisschen blöd zu sagen, dass ich selbst gar keine Kinder habe.

„Ich bin mit meiner Freundin hier", hab ich erklärt, „und die hat zwei Kinder!"

„Ach so!" Der Typ zeigte ein sehr sympathisches Lächeln. „Und dann fahren Sie in Urlaub nach Baltrum? Ich meine, ohne Kinder ist es ja hier nicht so prickelnd."

Was sollte ich sagen? Natürlich hatte er recht. Das Ganze musste so aussehen, als käme ich nirgendwo anders hin. Als wäre ich so eine, die froh sein müsste, wenn sie von der verheirateten Freundin mitgenommen wird.

„Na ja, man erholt sich ganz gut", erklärte ich unsicher und kam mir total bescheuert vor.

„Da haben Sie recht! Wenn ich mit den Kindern unterwegs bin, komme ich auch am liebsten hierher."

„Sind Sie auch schon mal ohne Kinder unterwegs?" Meine Frage muss fast ein wenig forsch geklungen haben.

„Tja,", der Typ schaute zu Boden, „meine Frau und ich leben getrennt." Dann blickte er plötzlich hoch, lächelte mich an – mit so einer Art Tapferkeitslächeln – und sagte: „Aber damit will ich Sie nun wirklich nicht langweilen."

Genau in dem Moment kam Steffie hinzu. Etwas außer Atem, die Haare zerzaust und ausgelassen rufend. „Marion, du musst unbedingt kommen. Nils will dir seinen Salto zeigen."

„Aha", antwortete ich knapp, in der Hoffnung, dass das genügt.

„Er hat die ganze Zeit geübt, um dir seine Show vorzuführen. Tu ihm den Gefallen und geh mal zu ihm hin!"

Dann schließlich entdeckte sie den Typen auf meiner Bank.

„Hallo! Ich bin Sven!" Er stand extra auf, um sie zu begrüßen. „Sie sind also die Freundin mit den Kindern."

„Von denen eins einen Salto kann!" Ein weiterer auffordernder Blick zu mir – freundlich natürlich, aber mit einer deutlichen Bitte versehen.

„Ich schau ihn mir an."

An der Hüpfburg angekommen, freuten sich Nils und Janina einen Ast.

„Schau mal, Marion, schau!" Nils vollführte etwas, was wie ein missglückter Purzelbaum aussah. „Moment, das war noch nicht richtig, Nochmal!"

Ich drehte mich um und sah zu Steffie hinüber. Sie lachte ausgelassen und gestikulierte wild herum. Steffie hatte Esprit. Das war nun mal so.

„Das war immer noch nichts, aber jetzt! Marion, pass auf!" Ich versuchte, mich auf Nils zu konzentrieren. Wieder ein verdrehter Murks. Unwillkürlich blickte ich erneut zu Steffie hinüber. Dieser Sven hatte jetzt sein Handy herausgeholt und gab etwas ein.

„Super, Nils!", faselte ich, ohne den Jungen anzuschauen.

"Ich kann's noch besser! Guck!"

Als ich zurückkam, war Sven weg. Steffie schien zumindest ein bisschen verlegen.

„Na, das war ja mal ein aufgeschlossener Typ!" Während sie sprach, beobachtete Steffie mich aus den Augenwinkeln. Offensichtlich wollte sie checken, wie ich reagiere.

„Habt ihr eure Handy-Nummern ausgetauscht?" Meine Frage klang brummiger, als ich eigentlich wollte.

Treffer. Steffie wurde rot.

„Er hatte ein paar Fragen. Hast du ja bestimmt mitbekommen. Er ist alleinerziehender Vater."

„Ich hatte nicht so viel Gelegenheit, mit ihm zu sprechen."

Eine kurze Verlegenheitspause.

„Hey, Marion!", Steffie legte mir die Hand auf die Schulter. „Hab ich dir jetzt womöglich dazwischen gefunkt mit Nils und seinem Salto?"

Ich antwortete nicht.

„Mensch, dann sei doch froh, dass ich seine Handy-Nummer habe. Wir machen ein Date."

Steffie strahlte mich an.

Ich schnaubte verächtlich. „Moment, du hast mit ihm die Nummer getauscht, und ich mache ein Date?"

Steffie legte mir hilflos den Arm um die Schulter. „Mensch, Marion, das tut mir jetzt leid. Ich wollte wirklich nicht – "

„Vergiss es einfach!"

„Aber unter uns: Den Typ kannst du dir eh klemmen. Zwei Kinder, mit denen er nur ab und zu in Urlaub fährt. Der hat kein Verantwortungsgefühl, wenn du mich fragst."

„Also doch kein alleinerziehender Vater."

„Marion, was ist denn los mit dir? Ich konnte doch nicht ahnen, dass du wirklich Interesse hast. Du vermittelst einem immer so das Gefühl – " Steffie suchte nach Worten.

„Ja?"

„ – dass du das hinter dir hast mit den Männern."

Ich schwieg. Wahrscheinlich hatte Steffie recht. Vermutlich machte ich den Eindruck, dass Männer mich nicht mehr interessierten. Aber auch wenn – warum interessierten sie Steffie? Steffie hatte schließlich schon einen. Und zwar einen ausgesprochen netten! Martin würde am nächsten Tag nach Baltrum kommen. Warum flirtete sie dann hier herum?

„Mensch, Marion!", Steffie kuschelte sich an mich.

„Du suchst dir aber auch immer die falschen Kerle aus."

„Ich such mir überhaupt keine Kerle aus", erklärte ich bitter.

„Und Jürgen?" Steffie knuffte mich in die Seite.

„Sei froh, dass das nichts geworden ist. Jürgen war ein echtes Arschloch."

„In Ordnung, dann bin ich jetzt froh."

Steffie überhörte meinen Sarkasmus. „Komm, lass uns etwas trinken gehen. Ich lad dich ins „Witthuis" ein. Auf einen Kaffee."

„Auf einen Tee", verbesserte ich, zur Versöhnung bereit. „Wir sind hier auf Baltrum."

„Natürlich – auf einen Tee." Steffie zwinkerte mir freundschaftlich zu und sah sich dann nach den Kindern um.

Dann fiel mir doch noch etwas ein. „Warum bist du eigentlich so sicher, dass Jürgen ein Arschloch war?"

„Nils! Janina!" Steffie brüllte nach den Kindern. Sie hatte mich vermutlich gar nicht gehört.

Als Martin kam, gab es schon zu Anfang einen Riesenkrach. Er hatte die frühere Fähre nehmen wollen, war aber aufgehalten worden und rief deshalb an, er käme erst um fünf. Mir war nicht ganz klar, warum das so ein Drama war, aber Steffie war total aus dem Häuschen.

„Da fahre ich schon allein mit den Kindern in Urlaub", schnaubte sie, nachdem sie aufgelegt hatte, „und dann kommt er nicht mal so früh wie möglich nach."

„Du bist doch gar nicht allein mit den Kindern im Urlaub", entfuhr es mir. Steffie nahm es in ihrem Ärger nicht wahr.

„Zieht eure Jacken wieder aus!", fuhr sie die Kinder an. „Papa kommt erst in zwei Stunden."

Die Kinder machten lange Gesichter.

„Wollen wir inzwischen die Pferde in Ostdorf besuchen?", schlug ich vor, um die Stimmung zu heben

„Jaaa!" Die Kinder kreischten vor Begeisterung.

„Würdest du das machen – mit den Kindern?" Steffie sah mich mit großen Augen an. „Das wäre wahnsinnig nett. Ich hab das Gefühl, mein Kopf platzt gleich."

Immerhin war mir jetzt klar, warum sie bei Martin so heftig reagiert hatte.

Als wir um halb fünf zurückkamen, war es still im Haus. Steffie schien sich hingelegt zu haben. Gott sei Dank war das Ferienhaus groß genug, um sich gut zurückziehen zu können.

„Wir holen den Papa allein ab", erklärte ich den Kindern. „Dann kann die Mama noch ausruhen."

Am Anleger pfiff der Wind so stark, dass ich den Kindern die Kapuzen tief ins Gesicht zog.

„Ist Steffie noch sauer?" Martin nahm mich fest in den Arm. Seine Stimme war dicht an meinem Ohr, damit ihn die Kinder nicht hörten.

„Sie hat Kopfschmerzen."

„Ach so!"

„Aber mach dir keine Sorgen", fügte ich scherzhaft hinzu, „sie wird dich wegen der Verspätung nicht zum Teufel jagen."

Martin sah mich mit Augen an, die vom Wind ganz rot und glasig waren. Einen Moment zu lange sah er mich an. „Wenn du wüsstest", sagte er dann.

Als wir eine Stunde später im Ferienhaus ankamen, stand Steffie mit Jacke im Flur. Offenbar war sie draußen gewesen. Sie sah noch immer fertig aus. Und sauer.

„Ich hab euch gesucht", motzte sie Martin entgegen.

„Tolle Begrüßung!" Martin ließ seine Tasche zu Boden sinken. Die Kinder sahen ihre Mutter ängstlich an.

„Wir waren im „Verhungernix", erklärte Janina. „Marion meinte, du wärest froh, wenn wir dich in Ruhe lassen und Pommes essen gehen. Dann musst du nicht kochen."

„Ich bin also schuld", nahm ich alles auf mich. Steffie funkelte ihren Mann trotzdem noch an. „Wollt ihr ein bisschen zusammen spazieren gehen?", legte ich nach. „Dann spiele ich mit den Kindern *6 nimmt*."

„Herzlichen Dank! Aber ich gehe lieber ins Bett." Steffie zog ab – und zwar ohne ein weiteres Wort. Martin brauchte einen Moment, um sich davon zu erholen. Dann hatte er sich im Griff und legte einen Ausdruck gespielter Fröhlichkeit auf: „*6 nimmt*, darauf habe ich mich schon die ganzen Tage gefreut! Zieh dich warm an, Marion! Ich bin einer der besten *6 nimmt* – Spieler seit Erfindung dieses Spiels."

Die Kinder lachten ausgelassen. „Marion verliert immer", kreischte Janina. Als sie mit ihrem Bruder ins Wohnzimmer flitzte, um die Karten zu suchen, wandte Martin sich zu mir um.

„Schön, dass du hier bist!" Er strich mir über die Wange. Ich spürte, wie mir das Blut ins Gesicht schoss.

„Ich komme gleich nach", murmelte ich und sah Martin verlegen an. Der zögerte einen Moment. „Das will ich doch hoffen." Dann ließ er mich allein im Flur zurück. Ich lauschte. Steffie schien tatsächlich ins Bett gegangen zu sein. Aus ihrem Zimmer drang kein einziger Laut. Versunken strich ich meine Haare zurück. Verflixte Hacke! Es war ein Riesenfehler gewesen, mich auf diesen Urlaub einzulassen! Mit Steffie wegfahren – okay. Mit einer schlecht gelaunten Steffie wegfahren – na ja. Aber dass jetzt Martin hinzugekommen war, machte die Sache noch viel komplizierter. Die beiden schienen eine echte Ehekrise zu haben! Ich atmete tief durch. Vielleicht täuschte ja der Eindruck. Vielleicht sah die Sache am nächsten Morgen schon besser aus. Wenn Steffie ihre Kopfschmerzen los war und auch Martin ausgeschlafen hatte. Ich gab mir einen Ruck. Jetzt hieß es erst mal, die Kinder nichts merken zu lassen!

Ich war schon auf dem Weg ins Wohnzimmer, als ein leises Surren mich zurückhielt. Irritiert hielt ich inne. Das Summen kam von der Garderobe. Ein Handy offensichtlich. Ein Handy, das auf Vibration gestellt war. Vorsichtig tastete ich die aufgehängten Jacken ab. In Steffies Daunenjacke wurde ich fündig. Das Handy zeigte das Eintreffen einer SMS an. Verstohlen sah ich mich um. Dann konnte ich mich nicht länger zurückhalten und rief die Nachricht ab. *Das war wunderschön gerade!* war auf dem Display zu lesen. Und dann als Unterschrift: *S.*

Ich war wie in Trance, als ich ins Wohnzimmer trat. Martin sah mich mit besorgter Miene an.

„Alles in Ordnung bei dir?" Er stand auf, um mir entgegenzugehen.

Abwesend ließ ich mich auf der Couchgarnitur nieder.

„Alles in Ordnung", murmelte ich. Das konnte Martins Stirnrunzeln nicht wesentlich mildern. Ich versuchte ein Lächeln. „Ich stelle mich nur schon drauf ein, dass ich jetzt die Packung meines Lebens bekomme."

Beim Spielen war ich die ganze Zeit über mit meinen Gedanken woanders. Die Vorstellung, dass Steffie gar nicht mit Kopfschmerzen im Bett gelegen hatte, haute mich um. Dass sie, eine verheiratete Frau, sich wie ausgehungert auf jemanden stürzte, den sie praktisch nicht kannte! Und den sie ganz nebenbei ihrer besten Freundin weggefischt hatte! Ihrer besten Freundin ... Hatte es zwischen Steffie und mir überhaupt so etwas wie Freundschaft gegeben? Konnte ich mich derart in einem Menschen getäuscht haben?

Martin spürte natürlich, dass mit mir nicht alles im Lot war, doch hatte er dafür offenbar eine andere Erklärung.

„Es tut mir leid, dass du da so hineingezogen wirst", sagte er, als die Kinder endlich im Bett waren. „Aber mit Steffie und mir läuft es im Moment nicht so rund."

„Tatsächlich?", sagte ich und konnte nicht verhindern, dass Bilder in meinem Kopf herumwirbelten. Bilder von Steffie und Sven. „Vielleicht können wir morgen drüber sprechen?", schlug ich vor und sah Martin gequält an.

„Natürlich! Ich will dich nicht nerven!" Martin sprang auf.

„Du nervst nicht. Es ist nur – es war etwas viel heute ...." Ich quälte mich aus dem viel zu weichen Sessel.

„Klar!" Martin lächelte mich an. Auch hier ein Tapferkeitslächeln. Ich strich ihm tröstend über den Arm. „Bis morgen!" Unvermittelt zog Martin mich an sich und nahm mich in den Arm. „Ich sagte es ja schon.

Schön, dass du da bist."

Dann drehte er sich um und verschwand.

Am nächsten Morgen war ich völlig gerädert. Zu lange waren mir die verhängnisvollen Bilder durch den Kopf geschwirrt, zu lange hatte ich mir die Frage gestellt, wie ich mit meinem Wissen umgehen sollte. Konnte ich Steffie zur Rede stellen? Martin alles offenbaren? Abreisen?

Erst in den frühen Morgenstunden war ich in einen schweren Schlaf gesunken, der durch eine helle Kinderstimme jäh beendet wurde.

„Marion, aufwachen! Wir sitzen schon alle beim Frühstück!" Jemand rüttelte an meinem Arm. Als ich die Augen öffnete, strahlte Janina mich an.

„Du darfst auch im Schlafanzug an den Frühstückstisch kommen!"

„Wer sagt das?"

„Ich!" Janina zeigte beim Lächeln ihre Zahnlücken. Man konnte sich ihrem Charme nur schwerlich entziehen.

Am Frühstückstisch strahlte Steffie noch immer eisige Kälte aus. Es war also nicht zu einer nächtlichen Versöhnung gekommen. Martin bemühte sich redlich, die Kinder nichts merken zu lassen.

„Was steht heute auf dem Programm?", posaunte er und nahm dabei sein Croissant in die Hand wie ein Posthorn. Die Kinder lachten und griffen ebenfalls nach einem Croissant.

„Töröt!", rief Nils. „Allerletzte Nachfrage: Was steht heute auf dem Programm?"

„Ich schlage einen Spaziergang zum Strand vor", machte Martin ausgelassen weiter, „mit ausgiebigem In-den-Sand-werfen, wildem Drachen-von-der-Leine-lassen und heftigem Eis-schlecken. Was meint ihr?"

Die Kinder jubelten.

„Und ihr?" Martins Blick schweifte zwischen Steffie und mir.

„Spielt das noch eine Rolle?" Steffie blitzte ihren Ehemann an. „Du hast doch sowieso schon alles geplant!"

„Ich hol die Drachen", Nils sprang auf.

„Nein, ich!" Die Kinder stürmten los. Steffie sah missmutig vor sich hin.

„Hast du immer noch Kopfschmerzen?" Ich merkte, wie bohrend meine Stimme klang. Und ich schob einen bohrenden Blick hinterher. Steffie sollte ruhig merken, dass etwas im Busch war. Meine Rechnung ging auf. Steffie sah mich stirnrunzelnd an. Nur zeigte sie keinerlei Zeichen von Reue.

„Nein, überhaupt nicht!" Sie warf die Haare in den Nacken. „Im Gegenteil. Ich würde heute gern joggen und anschließend in die Sauna gehen. Gehst du mit?"

Jetzt war sie es, die mich herausfordernd ansah.

„Nein, danke." Meine Antwort klang patzig. Steffie wusste, dass ich keine Sportskanone war.

„Hier gibt's eine Sauna?", Martin war ehrlich überrascht.

„Im Garten", antwortete ich für seine Frau. „Ein ganz nobles Teil. Steffie und ich haben sie uns gleich am ersten Tag angeschaut."

Martin warf einen Blick aus dem Fenster, wo in fünfzehn Metern Entfernung das massive Saunahaus stand.

„Mein Gott, das ist ja eine richtige Luxusunterbringung. Was haben wir eigentlich für die zwei Wochen bezahlt?"

Steffies Augen funkelten. „Weniger als für die Bruchbude, die du uns in Sardinien besorgt hast."

„Aber der Mietpreis wird ohne Stromkosten sein", Martin schaute noch immer nach draußen. „Was meinst du, was das Energie verbraucht, wenn du die Sauna anschmeißt!"

Das war zu viel. Jetzt explodierte seine Frau. „Verflixt noch mal. Ich habe keine Lust, im Urlaub zu sparen. Beschwer dich nicht auch noch, wenn du dich um nichts kümmerst und verspätet in den Urlaub nachkommst!"

„So hab ich's nicht gemeint."

„Wie denn?"

Martin schwieg.

Ich schwor mir zu schauen, wann an diesem Tag eine Fähre zum Festland zurückging.

Vorerst kam ich nicht dazu, nach dem Fahrplan zu sehen. Martin hatte mich überredet, mit zum Strand zu gehen.

„Marion, bitte, lass mich jetzt nicht hängen!" Als er das im Flur zu mir sagte, waren seine Augen bassetgroß. Ich zögerte einen Augenblick.

Im selben Moment stürmte Nils die Treppe herunter. „Hey, Marion, endlich lassen wir den Drachen steigen, endlich!"

Ein weiterer Blick von Martin, dann hatten sie mich. „Okay!", seufzte ich.

„Schön!" Martin streichelte mir sanft über den Arm. Sein Blick streichelte mir zudem sanft übers Herz.

Steffie ging ebenfalls mit zum Strand, aber sie war mehr mit sich selbst beschäftigt als mit uns oder den Kindern. Schließlich machte sie sich ganz vom Acker.

„Vielleicht sprechen wir uns ein bisschen ab?", rief Martin ihr hinterher.

„Vielleicht besprichst du dich besser mit Marion!" Steffie drehte sich kaum um. Martin brauchte einen Moment, um die Packung zu verdauen. Ich ebenfalls. Ich war netterweise mit ihr nach Baltrum gefahren. Jetzt stellte sie es so dar, als wollte ich ihr den Mann ausspannen. Ihr, die gestern mit diesem Sven herumgemacht hatte.

„Das ist – ", stammelte ich.

„ – eine Frechheit!" Martin schluckte sichtbar. Dann legte er wieder sein Tapferkeitslächeln auf. „Wollen wir heute Abend was kochen? Vielleicht was mit Fisch?"

Ich sah Steffie hinterher. Vielmehr ihrem Rücken.

„Gern!", sagte ich dann.

Im Supermarkt waren wir richtig ausgelassen. Bei mir hatte sich ein Scheiß-egal-Gefühl eingestellt. Steffie schien sich als Freundin verabschiedet zu haben – warum sollte ich es mir dann nicht gutgehen lassen, sofern das noch ging?

Martin hatte im Ferienhaus ein Fischrezept aufgetan. Schollenfilet auf Gemüse, das Ganze mit Sauce Hollandaise überbacken. Jetzt kauften wir die Zutaten ein. Die Kinder waren fröhlich wie selten zuvor. Es war, als genössen sie regelrecht, dass Steffie nicht da war.

„Gut, dass du Handschuhe anhast", sagte Martin zu Nils, „dann kannst du auf dem Rückweg die gefrorene Scholle tragen."

„Ich habe auch Handschuhe an", krähte Janina unter ihrer Mütze hervor.

„Du nimmst die Zucchini", bestimmte Martin kurzerhand, „die sind nämlich sensibel und müssen mit Samthandschuhen angefasst werden."

„Aber ich hab keine Samthandschuhe."

„Nun ja, es sind ja Nordsee-Zucchini. Die sind den rauen Umgang gewohnt. Da dürfen es dann auch mal Wollhandschuhe sein."

Ich warf einen verstohlenen Blick zu Martin hinüber. In einem war ich mir sicher – Steffie hatte diesen Mann überhaupt nicht verdient.

„Wie viele Möhren brauchen wir?", fragte er jetzt seine Kinder. „Ich würde sagen, fünf – und eine extra, falls es heute Nacht schneit und wir morgen einen Schneemann bauen wollen."

„Au ja, heute Nacht schneit's", krakeelte Janina. „Gut, dass ich Wollhandschuhe habe und keine aus Samt."

Auf dem Weg nach Haus spielten wir *Lange, lange Reihe*. Und ich muss sagen, es tat verdammt gut, Martin an der Hand zu halten. Schade eigentlich, dass ich Handschuhe trug. Als die Kinder schließlich davonstürmten, um einem Kaninchen nachzujagen, ließ Martin meine Hand nicht sofort los. Schließlich war ich es, die sich ihm entzog. Baltrum war nun mal verdammt klein. Die Vorstellung, dass Steffie gleich joggenderweise um die Ecke biegen würde und uns wie ein Paar daherschlendern sah, war nicht so verlockend.

Plötzlich fiel mir ein, dass ich nicht nach dem Fahrplan geschaut hatte. Andererseits – wollte ich überhaupt noch vorzeitig weg?

„Mit Steffie und dir", begann ich jetzt zögernd ein Gespräch, „du wolltest gestern Abend noch mit mir darüber sprechen."

Martin sah betreten vor sich hin. „Das würde ich nach wie vor gern."

„Ist es so problematisch, wie es von außen ausschaut?"

„Nein, es ist schlimmer."

Schweigen breitete sich aus.

„Sagen wir so: Ich kann Steffie nicht mehr vertrauen. Schon lange nicht mehr."

Ich schluckte. Dann wagte ich mich langsam vor.

„Sie hat dich betrogen."

„Ja, letztes Jahr."

„Und gestern Nachmittag", fügte ich in Gedanken hinzu.

Martin schoss mit Wucht einen Stein zur Seite, der auf dem Weg lag.

„Papa, schau mal, die Kutsche!" Nils zeigte in der Ferne aufgeregt auf das Gefährt, das sich näherte. Baltrum war autofrei. Hier griff man bei Transporten tatsächlich noch auf Kaltblüter zurück.

„Ja, Nils!" Martin winkte seinem Sohn. Dann war er wieder bei mir.

„Natürlich hat sie behauptet, es wäre nur eine Affäre gewesen. Nichts Ernstes. Ein paar belanglose Nächte. Aber seitdem ist das Vertrauen dahin. Unsere Ehe ist den Bach runtergegangen – und vermutlich nicht mehr zu kitten."

In Anbetracht meiner Beobachtungen konnte ich kaum widersprechen.

„Natürlich muss man sich fragen, wie es so weit

kommen konnte. Klar, ich gehe in der Arbeit auf. Steffie kümmert sich viel mehr um die Kinder als ich."

Wie, um das Gesagte zu widerlegen, schrie jetzt Janina von weitem. „Papa, fang mich auf!" Sie rannte los, uns entgegen, die Arme weit gespreizt.

„Aber ist das ein Grund, sich gleich dem nächstbesten Idioten in die Arme zu werfen?" Martin schnaubte verächtlich.

„Wer war denn der Idiot?"

„Irgendein Kollege. Kennst du wahrscheinlich sogar. Jürgen heißt er mit Vornamen."

Als Janina ihrem Vater zwei Sekunden später in die Arme sprang, hatte ich das Gefühl, mich übergeben zu müssen.

Zurück im Ferienhaus war von Steffie nichts zu sehen. Vielleicht war sie joggen, vielleicht hatte sie sich hingelegt, vielleicht traf sie sich mit Sven oder sonstwem.

„Wann sollen wir mit dem Kochen beginnen?" Martin schälte sich aus dem Mantel.

„Eine Runde möchte ich noch laufen", schwafelte ich, „allein." Die Vorstellung von Steffie und Jürgen brachte mich beinahe um.

„In Ordnung, dann lege ich mich erst ein Stündchen hin. Den Kindern tut es auch ganz gut, wenn sie etwas Ruhe bekommen."

„Gar nicht!" Es war Nils, der sofort protestierte.

„Oh doch!" Martin schnappte sich die beiden und trug sie nach oben wie zwei Kartoffelsäcke. Ich hörte sie noch kreischen, als ich bereits die Wohnung verließ.

Ich weiß nicht mehr, was ich dachte, als ich die

Turnschuhe im Gras liegen sah. Ob ich mit ihr sprechen wollte. Sie anschreien. Auf sie losgehen. Oder ob ich bereits zu dem Zeitpunkt wusste, was mir eigentlich vorschwebte.

Ich weiß nur, dass ich hinging zu den Turnschuhen. An ihnen vorbei. Dass ich die Tür öffnete, wo mich im Vorraum ein wohliger Geruch nach Tannöl empfing. Dass ich einen Blick durch das Glas der eigentlichen Saunatür warf. Und dass ich sie dort liegen sah. Nackt. Ihren MP3-Player auf den Ohren, die Augen geschlossen, ein seliges Lächeln auf dem Gesicht. Ich weiß, dass ich dachte, sie hat ihn nicht verdient. Wenn ihn jemand verdient hat, dann ich. Ich weiß, dass sie die Augen öffnete, mich wahrnahm, lächelte. Dass ich die Hand hob, als wäre ich nur zum Grüßen gekommen. Dass sie danach die Augen wieder schloss. Dass ich mit meinen behandschuhten Fingern die Saunatür abschloss. Dass ich dann zum Temperaturregler trat, der sich im Vorraum befand, und auf 130° C hochregelte.

„Wo ist Mama eigentlich?" Janina hielt das Messer nicht besonders geschickt, aber Martin passte auf.

„Ich glaub, die macht sich heute mal einen schönen Tag", Martin warf mir einen aufmunternden Blick zu – den berühmten Tapferkeitsblick, „ich denk, sie ist joggen."

„So lange?" Nils ließ sich nicht so schnell abspeisen. „Sie war doch schon weg, als wir vom Einkaufen zurückgekommen sind. Das war vor – ", er blickte auf die Uhr. Ganz sicher war er beim Uhrlesen noch nicht, „ – vor drei Stunden."

„Na ja, ganz so lange ist es nicht."

„Aber fast."

„Bestimmt ist sie zum Essen zurück", versprach Martin, „und deshalb geben wir uns besonders viel Mühe. Die Möhren sind jetzt fertig, die Zucchini auch. Ich dünste sie kurz an, dann könnt ihr sie in die Auflaufform geben. Marion, bist du mit dem Fisch so weit?"

„Na klar." Mein Job war denkbar einfach gewesen. Scholle waschen, trockentupfen, mit Kräutern einreiben. Zu mehr wäre ich auch kaum in der Lage gewesen. Ich hatte im Café Kluntje zwei Kakao mit Rum getrunken, aber erst jetzt, nachdem ich während des Kochens mit Martin zwei Gläser Rotwein gekippt hatte, wurde mir leichter.

„Was kann ich jetzt machen?", quengelte Nils.

„Eigentlich sind wir fast fertig. Den Fisch auf das Gemüse", Martin legte die dünnen Filetscheiben vorsichtig auf, „dann die Sauce darüber", es folgte die gelbe, dickflüssige Masse aus Sauce Hollandaise und geriebenem Käse, „und dann ab damit in den Ofen. Bei über 200 Grad."

„Ganz schön heiß!", kommentierte Janina. „Und was machen wir jetzt?"

„Warten!"

„Warten ist langweilig."

Martin seufzte. „Bis der Fisch fertig ist, dürft ihr ein wenig fernsehen. Geht nach oben. Dann stört ihr uns nicht!

Die Kinder jubelten. Martin schloss die Küchentür, als sie hinaus waren. Dann nahm er einen tiefen Schluck Rotwein und sah mich sehr lange an.

„Das hat dich ziemlich mitgenommen eben, nicht wahr? Ich meine, das mit Steffie und mir."

Ich antwortete nicht. Stattdessen stiegen mir Tränen in die Augen. Martin kam auf mich zu, stellte sein Glas ab und nahm mich in den Arm. „Verdammt, Marion, du musst aus allen Wolken gefallen sein. Es tut mir leid."

Ich schluchzte, Martin streichelte liebevoll meinen Rücken. Ich genoss den Augenblick und hoffte, dass Martin niemals aufhören würde, mich auf diese Art zu streicheln.

„Meinst du, Steffie ist abgereist?"

„Abgereist?" Ich war so überrascht, dass ich mich aus Martins Umarmung löste. „Darauf bin ich noch gar nicht gekommen. Ihre Sachen sind doch da, oder?"

„Stimmt, aber manchmal ist sie – wie soll ich sagen – sehr impulsiv."

„Sie wird joggen gegangen und dann irgendwo eingekehrt sein."

„In Sportklamotten?"

„Nun, das macht ja nicht jedem etwas aus."

Martin sah mich verdutzt an. „Wie meinst du das?"

Ich zögerte mit einer Antwort. Dann ließ ich es raus – in leicht abgewandelter Form. Dass Steffie jemanden kennengelernt hatte, dass ich gehört hatte, wie sie mit ihm telefoniert hatte. So telefoniert hatte, dass es eindeutig war.

„Mein Gott!"

Jetzt war es Martin, den es glattweg umhaute. Seine Stimme war schrill, als er seinem Ärger Luft machte. „Sie besteht darauf, dass ich mit auf diese bekloppte Insel komme, und dann lacht sie sich sofort jemanden an." Martin trank den Rest des Weins mit einem Schluck aus. „Ich fass es ja nicht!"

Angeschlagen ließ er sich auf einen Stuhl fallen. Ich bereute fast, ihm alles gesagt zu haben. Jetzt war er gekränkt. In seiner Ehre.

„Wie lange seid ihr jetzt hier? Eine Woche!" Er gab ein künstliches Lachen von sich. „Und ich mache mir Gedanken, wie ich es ihr am besten beibringe."

„Was beibringe?"

„Dass es nicht mehr geht mit uns beiden." Martin nahm die Rotweinflasche und schüttete sich großzügig Wein nach. An mich dachte er nicht.

„Was macht unser Fisch?" Seine Stimme klang spöttisch. „Er darf nicht länger als zehn Minuten im Backofen sein. Kurz, aber heiß!" Wieder lachte er zu laut und zu schrill. „Das scheint auch das Lebensmotto meiner Frau zu sein: Kurz, aber heiß!" Er trank sein Rotweinglas mit einem Zug leer.

„Du wolltest den Baltrum-Aufenthalt nutzen, um dich von Steffie zu trennen?", griff ich auf, was Martin gesagt hatte.

„Ganz genau!" Martin goss schon wieder nach. „Ich wollte ihr sagen, dass ich keine Perspektive mehr sehe. Dass sie alles kaputtgemacht hat. Und dass ich deswegen ohne sie zurechtkommen will."

„Ach Gott!" Wie eine Mutter streichelte ich Martin übers Haar. Er griff die Geste sofort auf und lehnte sich an meinen Bauch.

„Marion, ich war so froh, dass du mitkommst. Dass du Steffie beistehen kannst, wenn ich ihr von Anka erzähle. So hatte ich gedacht. Du bist doch ihre beste Freundin. Und dann komme ich hierhin und sie amüsiert sich längst anders. Ich brauche ihr nichts beizubringen. Die Sache hat sich von ganz alleine erledigt."

„Welche Sache mit Anka?" Meine Hand war auf Martins Kopf versteinert.

„Anka ist eine Kollegin", Martin sah hoch. Seine

Augen waren glasig. Von Tränen. Oder vom Wein. „Wir erwarten ein Kind."

„Du erwartest ein Kind – mit einer Kollegin? – Das ist nicht dein Ernst – "

„Du denkst bestimmt an die Kinder. Ich weiß, es kommt für sie etwas plötzlich", Martin versuchte ein Lächeln, ein Tapferkeitslächeln, „andererseits werden sie sich mit Anka bestens verstehen. Anka ist toll. Eine super Mutter. Das kann man von Steffie nicht gerade behaupten. Wie lange ist sie jetzt weg?"

Martin sah auf seine Uhr. Dann schoss er hoch. „Scheiße, der Fisch!"

Als er die Tür zum Backofen aufriss, nutzte ich die Gelegenheit, um aus der Küche zu verschwinden.

Es war kein schöner Anblick. Sie hatte sich die Finger blutig gekratzt. Und sie hatte versucht, den Ofen per Hand abzustellen. Verbrennungen an den Händen. Überhaupt sah die ganze Haut seltsam aus. Irgendwie ledern. Und dunkler als sonst.

Sie lag an der Tür, einen schwarzen Stein in der Hand, der aussah wie Kohle. Diese Steine lagen auf dem Ofen, man konnte einen Aufguss dort machen. Steffie hatte ihn für etwas anderes benutzt. Sie hatte damit an die Wand geschrieben. Vier Großbuchstaben. Krakelig geschrieben, sie musste schon nicht mehr fit gewesen sein. M A R I stand dort in riesigen Lettern. Die letzten zwei Buchstaben hatte sie nicht mehr geschafft.

Ich muss sagen, der Anblick erschütterte mich. Es dauerte zwei Minuten, bis ich wusste, wie ich damit umgehen konnte. Dann nahm ich mir selbst einen Stein und fügte zwei Buchstaben ein. Ein T und ein N, so dass am Ende M A R T I N dort stand.

Anschließend ging ich nach draußen und wählte den Notruf.

Ich bin ja eher so der Kumpeltyp. Freundschaften sind mir wichtig. Hier in der JVA gibt es viele Frauen, aber nur wenige, mit denen man sich gut unterhalten kann. Mit Freya könnte ich mich vielleicht anfreunden, ja. Aber an einen gemeinsamen Urlaub ist vorerst nicht zu denken. Sechzehn Jahre bin ich noch hier. Bei guter Führung weniger. Man hat am Türgriff der Sauna eine Fluse meines Handschuhs entdeckt. Ein Experte hat zudem bestätigt, dass zwei der angemalten Buchstaben anders aussahen als der Rest. Das ist sehr unglücklich gelaufen. An all diese Dinge habe ich überhaupt nicht gedacht. Alles ist schiefgegangen. Selbst Martins Fisch ist völlig verbrannt. Heiß und lang – das passt nicht zusammen.

Martin hat mich übrigens letztens besucht, zusammen mit Anka – und mit Janina und Nils. Anka ist nett. Sehr nett sogar. Unter normalen Umständen hätte sie eine gute Freundin werden können. Wir hätten zusammen alles Mögliche unternehmen können. Mit den Kindern basteln. Ins Kino gehen oder was kochen. Wobei – mit dem Kochen, das ist so eine Sache ...

Ich esse noch immer zu viel. Mein größter Fehler wahrscheinlich.

Meine Kleinen

Mit dem liebevollen Blick des Halters sehe ich zu, wie sich meine Lieblinge tummeln. Ein großer Teil besetzt die Wunde am Kopf. Sie zieht sich vom Hinterkopf bis auf die eine Gesichtshälfte, wo vom Schleifen über den Boden die Haut in Fetzen abgeschabt ist. Das Ganze ist blutig, eitrig, eine einzige klebrige Wunde. Wo das Gewebe abgestorben ist, sitzen meine Tiere. Cremefarbene Winzlinge, die sich ihres Lebens erfreuen und gern nehmen, was sich dort bietet. Ich glaube, sie fühlen sich wohl. Keine Hand, die sie verscheucht, niemand, der ihnen ihre Beute streitig macht. Zwar bewegt sich ab und zu der Körper. Ein Stöhnen ist hörbar, ein Wimmern. Aber das stört sie nicht, die kleinen, eifrigen Sauger, für die es nichts Besseres gibt als verrottendes Fleisch.

Natürlich habe ich auch die anderen Stellen mit Maden versorgt. Die Wunde am Rücken, die Schulter, den Fuß. Am Oberschenkel habe ich eine Kolonie von Aaskäfern ausgesetzt. Aber die Tiere sind scheu. Sofort haben sie den Körper verlassen und sich in alle Ecken verstreut. Meine Anwesenheit stört sie. Außerdem ist ihnen der Körper noch nicht trocken genug. Sie werden wiederkommen, hoffe ich. Später.

Andere würden das eklig finden. Die Käfer. Die Würmer. Die Maden. Ich finde es schön. Angemessen. Richtig.

Sie hat gesagt, Tiere seien alles in ihrem Leben. Sie würde sich selbst hergeben für ihre Schätzchen – alles andere sei ihr egal. Das hat sie gesagt. Alles andere sei ihr egal.

Jenny also war ihr egal.

Marina – war ihr egal.

Kein einziges Mal hat sie sich nach unserem Zustand erkundigt.

Sie sei ja von Anfang an in einer Verteidigungssituation gewesen, hat sie gesagt.

Wo sonst, habe ich mich gefragt. Wer sonst.

Ich verstelle die Stehlampe ein wenig. Lenke den Schein noch greller in ihr Gesicht.

Sie stöhnt. Wirft sich unruhig hin und her. Es ist mir recht, wenn sie nicht die ganze Zeit bewusstlos ist. Sie soll mitbekommen, was hier passiert. Dass sich meine Tierchen über sie hermachen. Meine kleinen wimmeligen Freunde. Sie soll nachdenken über ihre Haltung. Über alles, was sie kaputt gemacht hat. Sie soll mir das noch einmal ins Gesicht sagen, dass ihr nichts leid tut. Dass Jenny selber die Schuld trägt! Dass Jenny – meine kleine Jenny, neun Jahre alt, ein neugieriges, fröhliches Kind – selber – die – Schuld – trägt!

Ich will es hören aus ihrem Mund. Sie soll es mir sagen – dass ihre Lieblinge nichts dazu konnten. Dass sie zu Unrecht hingerichtet wurden. Das soll sie mir einfach noch einmal sagen.

Jetzt nehme ich den Geruch wahr. Die meiste Zeit über bemerke ich ihn nicht. Das ist der Trick. Wenn man im Raum bleibt, sich ihm längere Zeit aussetzt, nimmt man ihn nicht mehr wahr. Die ganzen zweieinhalb Tage habe ich ihn nicht bemerkt. Aber jetzt dringt er durch in mein Bewusstsein. Ich schließe die Augen. Versuche mich zu konzentrieren. Atme konzentriert ein und aus, verdränge den Geruch.

Sofort kommen Bilder in mir hoch.

Die Kleine mit ihrem riesigen Tornister. Sie verschwindet beinah dahinter. Sie ist klein für ihr Alter. Aber quietschfidel. Nicht kränklich, nicht schwach. So klein, wie sie ist, kann sie ihren Tornister wunderbar tragen. Dann sehe ich Marina daneben, die sie von der Schule abholt. Marina hat Jenny an der Hand. Sie schwingen ihre Hände hin und her. Sie sind fröhlich. Jenny hat ihr Diktat zurückbekommen. Vier Fehler nur. Das kommt, weil Marina viel mit ihr übt. Marina ist immer zu Hause geblieben, um ganz für die Kleine da zu sein. Die Schule fällt Jenny nicht leicht, aber Marina tut alles, um Jenny zu helfen. Und es klappt. Jenny ist fleißig. Auch zum zehnten Mal geht sie mit ihrer Mutter die Übungswörter durch. Deshalb hat sie jetzt nur vier Fehler. Jenny soll einen guten Abschluss machen. Jenny soll es schaffen. Jenny ist so ein fröhliches Kind.

Jetzt reißt sie sich los von der Hand ihrer Mutter. Sie hat mich gesehen. Sie hat gesehen, dass ich im Garten arbeite. Dass ich frei habe, um endlich ein wenig ums Haus herum zu schaffen. Sie rennt los, den Bürgersteig entlang, in unsere Einfahrt, die noch nicht gepflastert ist, über den Rasen auf mich zu. Mit einem strahlenden Lächeln springt sie mir in die Arme. Sie fliegt und fliegt – und ich reiße die Augen auf.

Mein Atem ist beschleunigt, mein Hemd klatschnass. Ich schaffe es nicht. Ich schaffe diese Bilder nicht. Sie machen mich fertig. Fertiger als alles, was ich jetzt vor mir sehe. Eine Frau. Über sechzig. Am ganzen Körper blutend. Zerfetzt. Sie hat nur noch wenige Stunden zu leben. Diese Stunden teilt sie mit meinen Tieren. Das ist gerecht. Ich kann es gut ansehen. Ich muss es mir ansehen, um die Sache zu Ende zu bringen.

Ich lehne mich zurück. Ziehe an meinem Hemd, das an meinem Körper klebt. Zwei Heizungen stehen im Raum. Es soll warm sein. Die Tiere sollen es gut haben. So, wie in den letzten Wochen schon.

Ich habe die Sache gut vorbereitet. Habe die Tiere angezüchtet mit Schweineköpfen vom Schlachter. Ich wollte verschiedene Arten. In verschiedenen Stadien. Ich wollte große Mengen. Für mein Projekt habe ich schließlich frisch gehäutete Maden genommen. Ich wollte keine Fliegen, kein Gesummse um mich herum. Deshalb dieser Kellerraum. Fensterlos und steril. Hier kommt keine Fliege herein. Ich wollte, dass es allein meine Maden sind, die sich über sie hermachen.

Das tun sie. Sie werden fetter und fetter. Und die Frau vor meinen Augen verwest, ohne dass ihr Herz zu schlagen aufgehört hat. Wenn sie denn eins hat. Ein Herz. Wenn sie denn eins hat.

Marina hat immer behauptet, dass sie keins hat. „Sie ist aus Stahl", hat sie gebrüllt. „Sie fühlt nichts – außer für ihre verdammten Köter vielleicht!"

Wahrscheinlich hatte sie recht. Wer seine Hunde durchbringen will, obwohl die gerade ein Kind totgebissen haben, der fühlt nicht normal. Der ist besessen von der Liebe zu seinen Hunden.

Besessen.

Ich bin auch besessen.

Besessen von Liebe. Von Trauer. Von Schmerz.

Was ich hier treibe, ist keine Rache.

Es ist Vollendung.

Ich nehme Herta Pirschler beim Wort.

„Meine Kleine", hat sie geweint, als es der Rottweilerhündin an den Kragen ging. „Meine Kleine. Wie man dir nur etwas zuleide tun kann! Diese Leute wissen nicht, dass Tiere unschuldig sind. Das wird ein Nachspiel haben. Ein Nachspiel."

Das Nachspiel läuft gerade. Meine Tiere sind auch unschuldig. Sie tun, was sie immer tun. Was ihnen von der Natur zugedacht ist. Herta Pirschler wird Verständnis haben dafür.

„Meine Kleine ..." – das habe ich immer zu Jenny gesagt. Wie kann diese Frau ihre Bestie so nennen? Ihre Bestie, die zusammen mit zwei Rüden mein Kind zerfleischt hat?

Mir läuft das Wasser aus den Augen. Das passiert manchmal. Ganz unvermittelt. Ich merke plötzlich, dass ich weine. Dass meine Augen auslaufen. Ich kann es nicht verhindern.

So sind wir Menschen nun mal. Wir können nicht verhindern, was passiert, wenn man uns das Liebste nimmt. Marina konnte es auch nicht verhindern. Und ich konnte nicht verhindern, was mit Marina passierte.

Jetzt habe ich alles verloren. Jenny, Marina, das Haus.

Was ich habe, sind meine Tiere.

Sie stöhnt wieder. Ich könnte ihr das Pflaster vom Mund nehmen. Vielleicht möchte sie mir etwas sagen. Dass es ihr leid tut. Dass es ihr nicht leid tut.

Ich muss erst etwas knibbeln. Mit den Handschuhen geht das nicht gut. Schließlich ziehe ich ihr mit einem Ruck das Pflaster vom Mund.

Sie röchelt durch den Mund. Eine Wolke übelriechenden Gestanks kommt mir entgegen. Es riecht anders als das, was von ihrem Körper ausgeht. Vor etwa 12 Stunden habe ich ihr eine Kompanie Fadenwürmer und Käsefliegenmaden in den Mund gesetzt und ihn dann mit Pflaster verklebt. Es war ein Experiment. Ein fehlgeschlagenes Experiment. Denn ich glaube, die Tiere haben das nicht überlebt. Wahrscheinlich hat sie sie runtergeschluckt. Oder sie haben den Speichel nicht vertragen. Ich reiße ihr den Mund auf. Sie schreit auf.

„Wo sind meine Kleinen?", frage ich. „Hast du sie etwa verschluckt? Böse Frau! Tierquälerin! Was können die armen Tiere dazu, dass sie in deinem Mund leben wollen?"

Sie starrt mich an. Aus ihren entzündeten Augen starrt sie mich an. Die Fleischfliegenmaden, die ich ihr gleich zu Anfang in die Augen gesetzt habe, arbeiten sich vor. Sie werden ihr mit der Zeit die Augen wegfressen. Spätestens, wenn sie tot ist, werden sie ihr die Augen wegfressen.

Verzweiflung ist in ihrem Blick. Angst ist in ihrem Blick. Sie sieht mich unentwegt an.

Jetzt verschwimmt sie vor meinen Augen und Marina sieht mich unentwegt an. Mit glasigen Augen und unstetem Blick.

Sie hat eine Flasche Aufgesetzten getrunken.

Schon wieder hat sie eine Flasche Aufgesetzten getrunken.

Ich schreie sie an. „Was soll ich tun? Ich kann nicht jeden Tag von der Arbeit fernbleiben und auf dich aufpassen!"

Der Chef ist schon sauer. Ständig fehle ich. „Es geht Marina nicht gut." – „Wir müssen zum Anwalt." – „Ich schaffe das nicht."

Nach Marinas Tod bin ich überhaupt nicht mehr zur Arbeit gegangen. Ich wollte nicht mehr. Ich wollte alles aufgeben. Auch das Schmerzensgeld hat mich nicht interessiert. Ich habe die Arbeit geschmissen, habe praktisch drauf gewartet, dass die Bank reagiert.

Was soll ich jetzt mit einem Haus?

Ich habe doch keine Tochter mehr. Keine Frau.

Ich habe nur noch die Tiere.

Sie will etwas sagen. Aber man kann nichts verstehen. Ich überlege aufzustehen, um sie besser verstehen zu können.

Aber nein. Sie soll sich selbst verständlich machen.

In der Gerichtsverhandlung hat sie gesagt, Jenny sei hyperaktiv gewesen. Sie habe immer so hektisch gesprochen. Auch an besagtem Tag habe sie kein normales Verhalten an den Tag gelegt, das habe die Hunde gereizt.

„Was, Frau Pirschler", habe ich mich immer wieder gefragt, „was ist ein normales Verhalten, wenn man von drei Rottweilerhunden angegriffen wird?"

Trotzdem hat sie nur eine Geldstrafe gekriegt.

„Wenn das Balg auf mein Grundstück klettert ...", hat sie gesagt, „die Eltern haben ihre Aufsichtspflicht verletzt. Was geht es mich an, wenn sie nicht auf ihr Kind aufpassen können?"

Jenny war neun. Sie durfte draußen spielen. „Was, Frau Pirschler, tut ein Kind, wenn sein Ball über den Zaun fliegt? Was tut es? Was tut ein Kind, das noch nie etwas Böses erlebt hat? Was tut ein Kind, das noch nie von bösen Monstern gehört hat, die einen zerfleischen, wenn man seinen Ball holen will?"

„Meine Kleine", hat Frau Pirschler gesagt. „Meine

Kleine. Wie kann man meiner Kleinen nur so etwas antun?"

Das Gericht sagt, sie darf keine gefährlichen Hunde mehr halten. Ihre beiden neuen Rottweiler gehören offiziell ihrem Sohn.

Ich kann mir keine neue Tochter besorgen. Keine neue Frau. Nicht mal ein neues Haus. In drei Tagen muss ich hier raus sein. Letzte Frist. Das muss reichen, um die Sache zu Ende zu bringen.

Ich greife nach meiner Wasserflasche, die neben mir steht, trinke ein paar Schluck. Das Wasser ist warm. Wir haben über dreißig Grad hier im Keller. Dann stelle ich die Flasche ab, lehne mich zurück, sehe ihr zu. Sie müht sich immer noch ab. Sie will immer noch sprechen. Ich überlege, ihr das Pflaster wieder aufzukleben. Es ist unerträglich, wenn jemand sich so schlecht artikuliert.

„...iii....", sagt sie.

„Was – iii?", frage ich. „Können Sie nicht ordentlich sprechen?"

„...iii...", sagt sie wieder.

Vielleicht meint sie Jenniii. Vielleicht meint sie triiinken. Wahrscheinlich meint sie iiich.

Ich nehme die Rolle mit Pflaster und klebe ihr den Mund wieder zu.

Wie lange wird sie noch brauchen? Sie hat seit über 48 Stunden nicht mehr getrunken, ihre Wunden sehen übel aus. Sie atmet schlecht und die meiste Zeit ist sie bewusstlos. Wie lange lebt man damit? Wann ist die Sache endlich zu Ende?

Ich trinke wieder einen Schluck. Gegessen habe auch ich schon lange nichts. Aber ich trinke. Ich muss länger leben als sie. Nur das. Länger leben als sie.

Ich lehne mich zurück und schließe die Augen. Und schon wieder Bilder.

Eine randalierende Marina. „Du bist schuld!", schreit sie. „Du solltest aufpassen auf unsere Kleine!"

„Aufpassen, aufpassen", sage ich. „Sie hat immer auf der Straße gespielt."

„Ja, vorm Haus", kreischt Marina, „aber nicht neben dem Grundstück der durchgeknallten Pirschler. Du warst zu Hause. Du solltest aufpassen."

„Sie war neun!", sage ich. „Sie ist hundert Meter weiter gelaufen und über einen Zaun geklettert. Sie wollte ihren Ball holen. Man darf keine Tiere halten, die Menschen zerfleischen."

Türen knallen. Es poltert. Marina tobt. Sie hat getrunken. Ich schließe sie ein. Sie soll sich beruhigen. Aber sie ballert gegen die Tür. Sie schreit. Sie wirft sich gegen die Tür. Ich halte mir die Ohren zu – bis ich merke, dass es splittert und kracht. Taschenlampenlicht blendet mein Gesicht. Dennoch erkenne ich: Zwei Männer stürmen den Raum. Ein dritter hält einen Schäferhund an der Leine. Den anderen Arm hält er vor die Nase gepresst. Man stürzt auf mich zu, reißt mich zu Boden.

Ich höre den Hund hecheln.

Ein Polizeihund hat uns aufgespürt.

Man hat also nach Herta Pirschler gesucht. Man hat sich die Mühe gemacht, nach Herta Pirschler zu suchen. Und man hat sie gefunden. Bei ihrem ärgsten Feind hat man Herta Pirschler gefunden. Ein Hund hat sie aufgespürt, unten im Keller.

Ein Hund hat der Frau das Leben gerettet.

„Meine Kleinen", sage ich zu meinen Maden, „es tut

mir so leid. Ihr könnt ja nichts dazu."

Gern würde ich jetzt sterben.

Meine Tiere könnten dann vielleicht bei mir weitermachen.

Mordlust auf Schloss Melschede

Wiebke schaudert. Ein filmreifes Szenerio! Der Regen peitscht heftig gegen die Autoscheiben und dann dieser Wald, durch den sich die Straße schlängelt! Wiebke hat das ungute Gefühl, die Bäume bewegen sich wie unförmige Gestalten immer weiter auf sie zu.

„Das Höveler Forsthaus", sagt Lars knapp, kurz bevor er in Richtung *Langscheid/Sorpesee* abbiegt. Wiebke nimmt zur Rechten gerade noch einen urigen Hof wahr, der in der Dunkelheit etwas Gespenstisches hat.

„Achtung!" Lars steigt plötzlich in die Eisen, Wiebke rammt in den Gurt. Das Auto hält ein paar Zentimeter vor einem gewaltigen Ast, der durch das Unwetter auf die Straße gekracht ist. Ein paar Sekunden braucht sogar Lars, um sich zu sammeln. Dann steigt er aus – bei strömendem Regen – und schleift das Geäst auf die Seite.

„Aber du bist sicher, dass wir richtig sind?", fragt Wiebke vorsichtig, als Lars klatschnass zurückkommt.

„Natürlich bin ich sicher", Lars ist sichtlich genervt. „Schließlich fahre ich diese Strecke nicht zum ersten Mal."

Jetzt geht es rechts in eine noch kleinere Straße. Eigentlich mehr ein Weg, der sich noch dazu in haarsträubenden Kurven windet. Trotz Scheinwerferlicht kann man nur ein paar Meter weit sehen. Edgar Wallace, denkt Wiebke, der hätte an dieser Inszenierung seine Freude gehabt.

Lars fährt langsam. Diese Schauer-Atmosphäre scheint sogar bei ihm einen gewissen Eindruck zu hinterlassen.

„Dahinten ist es", presst er jetzt hervor. Tatsächlich, wenn man genau hinsieht, zeichnet sich in der Dunkelheit der Umriss eines Gebäudekomplexes ab.

„Schloss Melschede", raunt Wiebke und strengt ihre Augen an. „Wollen wir hoffen, dass es sich lohnt."

„Es lohnt sich! Das wird die geilste Performance, die wir jemals angeboten haben."

Wiebke hasst es, wenn Lars so spricht. Sie bietet keine „Performances" an, und „geile" schon mal gar nicht. Ihre Firma „Mordlust" organisiert Detektivwochenenden. Spiele, bei denen Erwachsene spaßhalber einen fingierten Mord aufzuklären haben. Mit Spurensuche, Zeugenbefragungen und allem drum und dran. Mördersuche als Freizeitausgleich sozusagen. Und das Geschäft läuft gut. Mit etwa 120 ausgebuchten Angeboten in ganz Deutschland lässt es sich gut leben. Acht feste Mitarbeiter immerhin und ungezählte freie. Allerdings muss man immer etwas Neues bieten, originelle Veranstaltungsorte zum Beispiel. Deshalb sind sie jetzt hier. Auf Schloss Melschede. Lars kennt es noch aus seiner Sauerländer Zeit.

„Das hat doch was, oder?" Lars hält den Wagen vor einer Tordurchfahrt an. Vor ihnen tut sich hufeisenförmig die Schlossanlage auf.

„Im Moment sehe ich so gut wie gar nichts", wirft Wiebke vorsichtig ein.

„Tut mir leid, die Flutlichtanlage habe ich zu Hause gelassen." Lars hat wirklich denkbar schlechte Laune. Mit Karacho fährt er jetzt in den Innenhof des Schlosses und parkt unmittelbar an der Treppe zum Haupteingang.

„Haben wir einen Schirm mit?", wagt Wiebke zu fragen. Lars antwortet nicht, sondern öffnet ärgerlich die Fahrertür. Um nicht als komplette Zimtzicke zu gelten, folgt Wiebke ihm durch den strömenden Regen die Stufen hinauf und quetscht sich in den Türrahmen, der trotzdem so gut wie keinen Schutz vorm Regen bietet.

Als Lars auf den Klingelknopf drückt, folgt sofort heftiges Hundegebell.

„Der Hund von Melschede Castle", bibbert Wiebke vor sich hin. Lars wirft ihr einen grimmigen Blick zu. Es dauert eine Ewigkeit, bis sich etwas tut.

Als sich die Tür öffnet, sieht man zwei Nasen auf einmal. Unten eine schwarze, aufgeregte Hundeschnauze, die wenig von einem furchteinflößenden Ungeheuer hat, oben ein markanter Zinken, der sich durch den Türspalt schiebt. Die adlige Nase bewegt sich heftig. Offensichtlich versucht da jemand verzweifelt, den Hund zurückzuhalten.

„Herr Baron", Lars hat seine schlechte Laune gegen ein charmantes Small-talk-Gesäusel eingetauscht. Wenn er etwas kann, dann das. „Lassen Sie das Tier ruhig los. Wir haben Hunde sehr gern."

Aha, denkt Wiebke. Hat sie noch gar nicht gewusst. Trotzdem lächelt sie, als der Hausherr die Tür weiter öffnet und der schwarze Cocker an ihren Beinen herumschnüffelt. Lars gibt sich als wahrer Hundeliebhaber und tätschelt dem Tier ausgelassen das Fell. Immerhin – endlich kann sie an ihm vorbei ins Innere treten.

Lars macht eine Art Verbeugung, als er dem Baron die Hand gibt. Übertrieben, findet Wiebke. Beim Hausherrn selbst hat sie den Eindruck, dass er zwar höflich gegenüber Lars ist, es an Herzlichkeit jedoch fehlen lässt. Eigentlich verwunderlich. Immerhin ist Lars ein Freund seines Sohnes gewesen. Ihr gegenüber ist man offener. Vielleicht auch, weil sie wie ein verfrorenes Rehkitz dasteht.

„Frau Stein, womit kann ich Ihnen eine Freude machen?" Der Hausherr lächelt charmant.

„Mit einem heißen Bad", rutscht es Wiebke heraus. Lars sieht sie stirnrunzelnd an.

„Dann bekommen Sie das auch!" Der Baron bietet ihr den Arm. Er ist ein Mann mit Stil. Lars nimmt wenigstens die Koffer.

Zwei Stunden später sitzt man bei heißem Tee und Rotwein im großen Saal vor dem Kamin. Lars hat recht gehabt. Das Schloss ist perfekt. Allein diese Szene – Wiebke hätte am liebsten eine Kamera dabei. Der Schlossherr am offenen Feuer, zu seinen Füßen der Jagdhund. Einfach genial – und im Übrigen ein optimaler Aufmacher für den neuen Prospekt. Mördersuche mit dem Schlossherrn. So etwas wollen die Leute. Und auch das Ambiente stimmt. Wiebke hat vom Schloss schon einiges gesehen. Die kleine Barockkapelle zum Beispiel – vielleicht kann man dort die Leiche deponieren. Verschiedene Spuren sollten außerdem im Gewölbekeller zu finden sein, der gruselmäßig einiges hergibt – überhaupt dieses Labyrinth aus Treppen, Gängen und Fluren, bei dem man sich pausenlos verläuft – und dann natürlich die Bibliothek. Wiebke lehnt sich zurück und lässt vor ihren Augen die Gästezimmer Revue passieren. Jedes hat seinen eigenen, etwas altertümlichen Charme. Sie und Lars sind zum Beispiel im roten Turmzimmer untergebracht, ein riesiger Raum mit traumhaftem Blick in alle vier Himmelsrichtungen – jedenfalls, wenn draußen kein Unwetter tobt. Badezimmer gibt es zwar nur auf dem Flur, aber das wird die Gäste nicht stören. Es macht die Sache nur noch uriger. Vielleicht kann man die Bäder sogar einbeziehen. Ein paar Blutspritzer in der Dusche, weil der Mörder dort etwas ausgewaschen hat ... Die Kunden werden begeistert sein. Diesmal hat Lars einen Treffer gelandet. Jetzt geht es nur noch darum, die Bedingungen auszuhandeln.

„Alexander kommt morgen", hört sie plötzlich den Hausherrn sagen.

„Ach", Lars macht ein erfreutes Gesicht, „das ist ja eine Überraschung."

„Ich habe ihm erzählt, dass du dich angekündigt hast. Da wollte er es sich nicht nehmen lassen, dich einmal wiederzusehen."

„Ah ja", Lars nimmt einen Schluck Rotwein.

„Und Jan wird auch vorbeischauen."

Jetzt verschluckt sich Lars. Jan ist der dritte im Bunde. Der Sohn des damaligen Försters. Die drei sind ein unzertrennliches Trio gewesen, hat Lars ihr erzählt. Alexander, der Sohn des Barons, Jan, und natürlich Lars, der in Beckum gewohnt hat, zwei Kilometer von hier entfernt. Stundenlang sind sie allein durch die Wälder gestreift, haben sich Buden gebaut und Musketiere gespielt.

„Sie haben Jan erzählt, dass ich komme?" Lars hat sich wieder gefangen. Wiebke beobachtet ihn nachdenklich.

„Natürlich, ich dachte, ihr freut euch, wenn ihr euch in alter Besetzung wiederseht."

„Aber sicher, ich kann es nur noch nicht glauben", Lars lächelt versteinert. „Allerdings darf ich nicht vergessen, dass ich aus Arbeitsgründen hier bin."

„Wie könntest du?" Ein ironisches Lächeln umspielt den Mund des Barons. Wiebke nimmt es interessiert zur Kenntnis. Sie weiß natürlich, dass Lars beruflich ein wenig herumgestolpert ist, aber dass Menschen aus seiner Vergangenheit das derart süffisant gespeichert haben, irritiert sie doch.

„Ich glaube, ich muss dann mal ins Bett." Wiebke stellt ihre Teetasse auf ein Beistelltischchen. „Der Tag war sehr anstrengend."

Der Baron erwidert ihr Lächeln. „Ganz wie Sie wünschen. Morgen ist ja schließlich auch noch ein Tag."

Lars steht auf. „Vielen Dank auf jeden Fall schon jetzt für Ihre Gastfreundschaft."

„Aber nicht doch." Der Hausherr winkt ab. „Für Freunde meines Sohnes tu ich das doch gern." Dann sieht er Wiebke eindringlich an. Er will ihr etwas sagen, hat sie den Eindruck. Wiebke weiß nur nicht, was.

Sie wird wach, als der Sturm besonders heftig an den Fensterläden reißt. Draußen tobt ein wahres Unwetter, nachdem zum Regen auch wieder Sturm hinzugekommen ist. Irgendwo knarzt etwas. Ein altes Haus, denkt Wiebke. Unheimliche Geräusche in der Nacht. Das wird den Krimiteilnehmern gefallen. Nun, sie persönlich kann gut darauf verzichten. Umständlich dreht sie sich auf die Seite zu Lars um. Mit geschlossenen Augen sucht ihre Hand nach seinem Körper. Vergeblich. Plötzlich ist sie hellwach. Lars ist weg. Sie fährt herum und kramt auf dem Nachtschränkchen nach ihrem Reisewecker.

Halb zwei, zeigen die leuchtenden Zeiger. Dann wieder dieses knarzende Geräusch, und mehr noch: eine Art Wispern, welches das Haus durchstreicht. Wiebke ist nicht sicher, ob sie in dieser Nacht noch einmal einschlafen kann.

Um fünf Uhr schreckt Wiebke aus einem unruhigen Schlaf. Stimmen sind zu hören. Laute Stimmen. Jemand poltert eine Treppe hinunter, dann geht eine Tür. Kurze Zeit später bellt der Hund, dann wieder Stimmen. Wiebke hält es nicht länger im Bett. Flugs hat sie sich das Nachthemd ausgezogen und Jeans und Pullover übergestreift. Dann öffnet sie vorsichtig die Tür und tritt in den Flur. Hinten im Gang kann sie jemanden um die Ecke biegen sehen. Offensichtlich ist er im großen Treppenhaus nach unten gegangen.

„Ist sonst noch jemand im Haus?", hört sie eine Stimme sagen. Darauf eine Antwort, die sie nicht versteht. Zögernd geht Wiebke ein paar Schritte vor. Eine der massiven Holztüren, die vom Flur abgehen, ist weit geöffnet.

„Wir sperren diesen Bereich komplett ab", sagt jetzt eine Männerstimme. „Und dann möchte ich das ganze Programm. Und zwar so schnell wie möglich."

Irgendjemand gibt eine murmelnde Antwort. Wiebke nimmt sich zusammen und geht auf die Tür zu. Der Zugang zur Wendeltreppe ist es, den man mit einem Holzstück festgeklemmt hat. Als Wiebke einen Blick hineinwerfen will, steht plötzlich ein junger Mann vor ihr, der von unten gekommen sein muss. Wiebke stutzt. Der Typ ist groß und schlank, hat dunkle Haare, leicht meliert. Offensichtlich ist er noch nicht rasiert, was ihm ziemlich gut steht.

„Wer sind Sie?", fragt der Mann nach einer Schrecksekunde.

„Ist etwas passiert?" Wiebke spürt, wie sich ihre Finger verkrampfen.

„Das kann man so sagen", der Dunkelhaarige blickt Wiebke mit zusammengekniffenen Augen an. Grüne Augen, nimmt Wiebke wie unter einem Schleier wahr. Dunkelgrüne Augen. „Wiebke Stein, nicht wahr? Die Lebensgefährtin von Lars Gerken!"

Wiebkes Mund wird trocken. Sie nickt.

„Dann muss ich Ihnen eine bedauerliche Mitteilung machen", der Kommissar windet sich einen Moment und tritt dabei weiter in den Flur hinein. „Ihr Freund ist ..."

Auf einmal kann Wiebke sich nicht länger zurückhalten. Eilig drängt sie sich durch die Tür und hastet die Steinstufen der Wendeltreppe hinunter, dann bleibt sie wie angewurzelt stehen.

Lars liegt in unnatürlich verrenkter Haltung auf den Stufen, er muss fast das ganze Stockwerk hinabgestürzt sein. Sein Gesicht zeigt nach oben, seine Stirn blutüberströmt, die Augen weit aufgerissen. Blaue Augen, denkt Wiebke noch. Dann hat sie das Gefühl, sich übergeben zu müssen.

„Und Sie haben ihn nicht weggehen hören?" Die Stimme des Polizeibeamten birgt Misstrauen.

„Ich war todmüde", sagt Wiebke leise und umklammert das Glas Tee in ihrer Hand.

Die Vernehmungen finden in der Bibliothek statt – so, wie Wiebke es für das Krimispiel ins Auge gefasst hat.

Plötzlich ein Klopfen. Ein Kopf schiebt sich in den Raum. „Wir wären dann so weit."

Die Spurensicherung, vermutet Wiebke.

„Alles klar, alles so schnell wie möglich."

Schon ist die Tür wieder zu.

„Darf ich fragen, wie lange Sie mit Lars Gerken liiert waren?" Der Kommissar hat ein Bein auf die kleine Trittleiter gestellt, mit der man an Bücher in den oberen Regalbrettern gelangen kann.

„Seit Februar", flüstert Wiebke. „Ein dreiviertel Jahr."

Sie wirft einen Blick zu dem zweiten Polizeibeamten hinüber, der sich ihr gegenüber am Tisch niedergelassen hat. Eifrig schreibt er ihre Antworten mit.

„Sie wohnten zusammen in Frankfurt?", lenkt der Schwarzmelierte die Aufmerksamkeit wieder auf sich.

„Ja, seit ein paar Wochen."

„Und diese Firma, die Sie betreiben, diese Detektiv – spiel – agentur", der Kommissar dehnt das Wort künstlich, und auch sein Blick sagt alles. „Die gehört Ihnen beiden?"

„Nein, das nicht", Wiebke atmet kräftig ein. „Ich habe die Agentur vor sechs Jahren alleine gegründet. Lars ist nur ..."

„... ein Mitarbeiter?", vollendet der Kommissar den Satz.

„Zumindest offiziell." Wiebke hüstelt.

„Sie haben als Beruf Ihres Freundes Kaufmann angegeben. Trifft das zu?"

„Ja ... nein", Wiebke windet sich verlegen. „Lars hat vorher in verschiedenen Branchen kaufmännisch gearbeitet, daher dachte ich ..."

„In verschiedenen Branchen?" Der Kommissar

schürzt die Lippen. „Darf ich fragen, in welchen?"

„Wasserbetten zum Beispiel."

„Wie bitte? Ich kann Sie so schlecht verstehen."

„Wasserbetten", Wiebkes Gesicht färbt sich rot. „Er hatte ein Wasserbettengeschäft in Heidelberg, bis es dann ... Sie wissen ja, die Konjunktur ist nicht gerade rosig."

„Die Konjunktur ... aha", der Kommissar sieht Wiebke eindringlich an, dann nimmt er sein Bein von der Leiter und geht in der Bibliothek auf und ab. „Und dann ist er bei Ihnen untergekommen, ja? Und das lief reibungslos?"

„Oh ja", beeilt Wiebke sich zu sagen. „Wir können wirklich nicht klagen."

„In Mordangelegenheiten scheint sich die schlechte Konjunktur also nicht auszuwirken." Wieder dieser ironische Unterton. Wiebke versucht sich zu konzentrieren. Und sie versucht, das Gesicht zu verdrängen, das sich immer wieder in ihre Gedanken schleicht. Das Gesicht ihres toten Freundes.

„Nach Melschede sind Sie auf Anraten Ihres Lebensgefährten gekommen, sagten Sie?"

Wiebke nickt. „Er kannte das Anwesen von früher, und er dachte ..." Sie verstummt.

„Er dachte, es würde sich für einen Mord ganz wunderbar eignen", setzt der Hauptkommissar fort. „Oder sagen wir besser einen – gespielten Mord."

Wiebke schluckt. „Er hatte noch Freunde hier. Alexander von Stehl, den Sohn des Barons, und dann diesen Jan, den Sohn des ehemaligen Försters. Die drei waren gute Freunde, als Lars noch zur Schule ging."

„Gute Freunde, sehr schön", der Kommissar lächelt

ironisch. Dann wird er plötzlich ernst. „Wussten Sie, dass Ihr Freund sich von Alexander Stehl Geld geliehen und niemals zurückgezahlt hat? Und zwar eine ganze Menge?"

„Geld?" Wiebke sieht den Kommissar fassungslos an. Sie würde am liebsten losheulen.

„Ihnen aber hat Lars Gerken erzählt, die drei seien noch immer gute Freunde."

„Die drei sind zusammen aufs Gymnasium gegangen", erklärt Wiebke verzweifelt. „In Menden. Deshalb mussten sie jeden Tag mit dem Zug fahren. Das schweißt zusammen, hat Lars gesagt. Nach der zehnten Klasse ist der Sohn des Barons allerdings aufs Internat gegangen, und Lars hat in Balve eine Lehre begonnen."

„Interessant." Der Kommissar öffnet plötzlich eine kleine Tür innerhalb der Bibliothek. Es scheint fast, als höre er gar nicht richtig zu.

„Die Hausbar", kommentiert er, nachdem er einen Blick hineingeworfen hat. Dann zieht er die Tür plötzlich ein weiteres Mal auf. „Und früher vermutlich die Toilette." Er wirft seinem Kollegen am Tisch einen amüsierten Blick zu. Der schaut verwirrt ins Innere des seltsamen Schranks.

„Ein antikes Plumpsklo", erklärt der Kommissar. „Muss wohl direkt über der alten Gräfte liegen. Sehr schön, sehr schön."

„Alexander von Stehl wollte übers Wochenende kommen", nimmt Wiebke ihr Thema wieder auf. „Vielleicht kann er ..."

„Er ist schon da." Der Kommissar sieht Wiebke gerade ins Gesicht. „Genau wie Jan Ossenberg. Dieser hat Ihren Lebensgefährten heute Nacht gefunden."

Wiebke fährt hoch. „Jan Ossenberg? Er hat Lars entdeckt? Aber warum war er nachts ...?" Sie versteht die Welt nicht mehr.

Nur der Kommissar lässt sich nicht aus der Ruhe bringen. „Was wissen Sie überhaupt über Jan Ossenberg?"

Wiebke überlegt einen Augenblick. „Nichts", sagt sie dann.

„Und über seine Schwester?"

Wiebke blickt erstaunt hoch. „Seine Schwester?"

„Sie wussten also nicht, dass Jan Ossenberg eine Schwester hatte, die sich vor einem halben Jahr das Leben genommen hat?"

„Nein. Ich kenne diesen Jan überhaupt nicht, geschweige denn seine Schwester. Und noch weniger weiß ich, was Lars mit deren Tod zu tun haben soll."

„Nun, wir werden sehen", der Kommissar blickt Wiebke ernst an. „Trotzdem danke ich Ihnen fürs Erste." Trotz dieser Aufforderung bleibt Wiebke unbeweglich sitzen. Dann schließlich hebt sie den Kopf. „Vielleicht habe ich überhaupt zu wenig über Lars gewusst", sagt sie leise.

Zum ersten Mal kann sie in den Augen des Kommissars etwas Warmes entdecken.

Jan Ossenbergs Blick hat etwas Stechendes. Er mustert sie über einen Cognac hinweg, als sie einen Blick in die große Wirtschaftsküche wirft.

„Sie sind Wiebke, nicht wahr?" Seine Stimme ist rau, männlich. Ein guter Schauspieler, kommt es Wiebke in den Sinn. Sie überlegt, zurück auf ihr Zimmer zu gehen. Dann entscheidet sie sich anders und tritt in die Küche.

„Sie waren also mit Lars zusammen?"

„Ja." Wiebke weicht Ossenbergs Blick aus und geift ebenfalls nach einem Glas, das auf einem Tablett bereitgestellt ist.

„Das ist interessant."

Wiebke fühlt, wie der Typ sie weiter mustert. Kurzfristig entschließt sie sich, auf Angriff zu gehen. „Und Sie sind Lars' alter Freund?"

„Freund!" Ossenberg spricht das Wort verächtlich aus. „Hat er das tatsächlich gesagt?"

„Ja, hat er."

„Nun, Lars hatte schon immer eine sehr eigene Art, die Situation darzustellen."

Wiebke ist verunsichert. „Aber zumindest damals – als Kinder oder Jugendliche – da waren Sie doch befreundet."

„Mit Lars kann man nur befreundet sein, solange man seinen wahren Charakter nicht kennt."

Der Satz trifft Wiebke wie ein Faustschlag. Gierig trinkt sie einen Schluck Wasser, den sie sich aus der bereitgestellten Karaffe eingeschüttet hat. Dann fasst sie sich.

„Hat Ihr Zorn – hat er etwas mit Ihrer Schwester zu tun?"

Ossenberg stiert Wiebke an. Deutlich sieht sie, wie die Adern an seiner Stirn anschwellen. Dann platzt er heraus. „Wissen Sie irgendetwas darüber?"

„Glauben Sie mir ...", Wiebke fühlt sich unwohl. „Ich habe nicht mal gewusst, dass ..."

„Herr Ossenberg?" Die Stimme des Kommissars dringt aus der Diele herüber. Ossenberg stellt sein Cognacglas auf die Anrichte. Dann wirft er einen letzten Blick auf Wiebke, bevor er die Küche verlässt.

Als Wiebke die Kapelle betritt, muss sie unweigerlich ans Heiraten denken. Lars' aufgerissene Augen drängen sich wieder in den Vordergrund.

„Ein wunderbarer Altar, nicht wahr?" Wiebke fährt herum. Ein junger Mann ist hinter ihr in die Kapelle getreten und betrachtet den Heiligen Antonius, der als Holzfigur neben dem Altar verewigt ist.

„Ich wollte Sie nicht erschrecken." Jetzt endlich schaut der Mann Wiebke in die Augen. „Sie werden Frau Stein sein, Lars' Verlobte, nicht wahr?"

Verlobte! Hat Lars sie so angekündigt?

„Dann tippe ich bei Ihnen auf den Sohn des Hauses." Wiebke versucht gar nicht erst, ihn standesgemäß anzureden. Was ist der Sohn eines Barons? Ebenfalls Baron?

„Alexander von Stehl", unterbricht er ihre Gedanken und reicht ihr die Hand. „Es tut mir leid, was passiert ist."

Wiebke schluckt. „Ich hatte gerade schon das Vergnügen mit Jan Ossenberg. Der schien sich eher zu freuen über das, was passiert ist."

„Jan!" Alexander geht ein paar Schritte an den Holzbänken entlang, auf ein Harmonium zu, das in der winzigen Kapelle die Orgel ersetzt. „Jan ist sehr verbittert, ja."

„Zu Recht?"

Alexander blickt Wiebke nachdenklich an. Dunkelbraune Augen, bemerkt Wiebke. Traurige Augen. Ein Melancholiker wahrscheinlich.

„Ich habe meine eigenen Erfahrungen gemacht", sagt er schließlich. „Was Jans Anschuldigungen angeht, so möchte ich lieber nichts dazu sagen. Aber auf jeden

Fall täte er besser daran, mit seiner Meinung hinterm Berg zu halten." Alexander scharrt mit dem Fuß über den Boden. „Dem Mann ist nicht klar, wie verdächtig er sich mit seinen Äußerungen macht. Himmelherrgott, Jan hat mich gestern vom Flugplatz abgeholt und nach Melschede gebracht. Kurze Zeit später ist er wiedergekommen und durch eine Kellertür ins Schloss eingedrungen."

„War die offen?", beeilt sich Wiebke zu fragen. Trotz aller Verwirrung kann sie ihren Beruf nicht verleugnen.

„Nein, aber Jan weiß, wo ein Schlüssel liegt. Schließlich sind wir früher oft genug spät nachts hier reingeschneit, mit besoffenem Kopf, aber ohne Schlüssel." Alexander schnaubt. „Er wollte noch mal mit mir sprechen, dabei hatten wir uns schon Stunden vorher die Köpfe heiß diskutiert."

„Ging es um Lars?"

„Allerdings", Alexander streicht abwesend über das Holz der Kirchenbank. „Auf jeden Fall dringt Jan durch die Kellertür ein – natürlich weil er niemanden wecken will – und dann findet er Lars tot auf der Treppe." Alexander fährt herum. „Ist doch klar, dass er da als Hauptverdächtiger gilt."

„Zumindest, wenn er ein Motiv hat."

„Das hat er", Alexander sieht Wiebke eindringlich an. „Seine Wut auf Lars war unendlich groß."

Wiebke krallt die Finger ineinander. „Sagen Sie mir, woher die Wut rührt?"

Alexander wartet einen Moment, dann hat er sich entschieden. „Nein", antwortet er und wendet sich ab. Wiebke treten die Tränen in die Augen.

„Auch nicht", beginnt sie leise, „wenn ich Ihnen sage, dass ich ein Kind von ihm erwarte?"

Alexander dreht sich ruckartig um. Einen weiteren Augenblick scheint er zu zögern. Dann dreht er sich um und lässt Wiebke allein in der Kapelle zurück.

Das Geräusch muss in jedem Raum des Schlosses zu hören gewesen sein. Ein Scheppern und ein Schrei. Als Wiebke die Treppe hinunterhetzt, vernimmt sie eine Stimme von draußen. Der Baron. Dann noch jemand. Wahrscheinlich sein Sohn oder der Kommissar. Als Wiebke endlich in den Schlosshof gelaufen kommt, sieht sie einen leichenblassen Jan Ossenberg dastehen. Neben ihm zwei zerschmetterte Tondachziegel, die einen guten Meter neben ihm aufgeschlagen sein müssen.

„Das Dach", murmelt der Baron bestürzt. „Um Gottes willen. In der nächsten Woche beginnen die Renovierungsarbeiten."

„Von wegen", Ossenberg schnaubt mehr, als dass er spricht. „Da will mich jemand umbringen."

Im selben Moment hört man ein Motorengeräusch. Ein Kombi nähert sich auf dem Zuweg dem Schloss.

„Bitte treten Sie alle einen Schritt zurück", greift der Kommissar endlich ein. Er hat bislang nur nachdenklich nach oben geblickt, wo ein paar Meter über der Unfallstelle ein Dachfenster auf Kippe steht. Unmittelbar daneben ist in der Dachschräge die Lücke sichtbar, die durch das Abrutschen der Ziegel entstanden ist. „Wir sperren den gesamten Bereich ab."

Inzwischen hat der Kombi an der Schlossmauer geparkt. Zügig kommt ein Mann mittleren Alters über den Hof. Er hält etwas hoch, von dem Wiebke zunächst glaubt, es sei ein Polizeiausweis.

„Die Presse hat uns gerade noch gefehlt", murmelt der Kommissar. „Keinerlei Stellungnahme zum jetzigen Zeitpunkt."

Der Journalist überhört das. „Können wir von einem Mord auf Schloss Melschede ausgehen, oder handelt es sich bloß um einen Unfall?"

„Kein Kommentar."

„Stimmt es, dass der Tote bei einer Agentur gearbeitet hat, die hier auf dem Schloss eine Art Detektivspiel durchführen wollte? Eine inszenierte Mördersuche sozusagen, aus der plötzlich blutiger Ernst wurde?"

„Ich wiederhole mich ungern: Warten Sie die Pressekonferenz ab!"

„Können wir davon ausgehen–?" Zack! Plötzlich hat der Pressemann geschaltet. Entgeistert starrt er auf die zerbrochenen Dachziegel, dann auf die Runde von Menschen, die die Scherben umstehen.

„Ist hier womöglich ein weiteres Unglück passiert?", fragt er aufgeregt.

„Verschwinden Sie endlich!" Der Kommissar wird ungehalten.

Der Pressemensch sieht ihn einen Moment lang an, dann dreht er ab. Wiebke weiß, dass es nicht länger als eine halbe Stunde dauern wird, bis das Schloss von Zeitungs- und Fernsehleuten umschwärmt sein wird wie ein Wespennest.

„Ich kann Sie ja verstehen", der Kommissar wirkt fahrig. Unerfahren. Vielleicht seine erste eigene Ermittlungsarbeit bei Verdacht auf Mord. Wiebke sieht ihn flehentlich an. Schließlich seufzt er.

„Also gut, ich werde gleich mit dem Staatsanwalt Kontakt aufnehmen. Aber Sie müssen weiterhin zur Verfügung stehen, in Frankfurt", der Kommissar hüstelt. „Ich meine für den Fall, dass sich noch Fragen ergeben."

„Ehrlich gesagt habe ich das Gefühl, dass ausgerechnet ich Ihnen am wenigsten über Lars sagen kann." Wiebke atmet tief durch. „Verstehen Sie, das Ganze ist wie ein Albtraum für mich. Ich hatte ein solches Vertrauen zu Lars, und jetzt habe ich an allen Ecken das Gefühl, dass er womöglich wichtige Dinge aus seinem Leben verschwiegen hat."

„Das Ganze liegt weit zurück", der Kommissar lehnt sich auf seinem Stuhl nach hinten. „Ossenberg geht davon aus, dass sein vermeintlicher Freund seine Schwester vergewaltigt hat, als die 17 war."

Wiebke zuckt zusammen. „Hat sie das ausgesagt?"

„Nein, sie hat immer geschwiegen. Aber Ossenberg meint Indizien gefunden zu haben, die das belegen. Wie auch immer, in seinem Kopf hat sich Lars als Täter festgesetzt, wahrscheinlich in Zusammenhang mit anderen negativen Erfahrungen, die er mit Lars Gerken gemacht hat. Ossenbergs Schwester ist im Alter von 17 Jahren schwer depressiv geworden. Sie hat sich nie gefangen, so dass ihr Suizid in den Augen ihres Bruders auf Lars Gerkens Kappe ging. Im besseren Fall ist Ossenberg hergekommen, um Ihren Lebensgefährten zur Rede zu stellen."

„Und im schlechteren Fall, um ihn zu töten", vollendet Wiebke. „Sie glauben wirklich ...?"

„Ich glaube gar nichts", der Kommissar knetet nachdenklich seine Unterlippe. „Lars Gerken starb durch den

Sturz auf einer Steintreppe. Ob dabei Fremdeinwirkung im Spiel war, ist überhaupt nicht klar. Solange uns die Spurensicherung dazu keine Hinweise liefert, sind wir machtlos. Verstehen Sie, Frau Stein, selbst wenn wir einen naheliegenden Verdacht haben, können wir dem Täter unter Umständen überhaupt nichts beweisen."

„Und die Dachziegel?"

„Das Dach ist marode. Der Baron hat es doch selbst gesagt. Schon vor ein paar Monaten ist auf der Rückseite des Schlosses etwas Ähnliches passiert. Es kann sein, dass zu Ende dieser Ermittlungen ein tragischer Unfall im Polizeibericht steht, garniert mit diversen Baumängeln am Schloss. Auch wenn ich persönlich von anderen Umständen ausgehe", fügt der Kommissar murmelnd hinzu.

„Von einem Geheimnis", sagt Wiebke.

„Von einem Geheimnis." Die Augen des Kommissars flackern grün. Fasziniert nimmt es Wiebke zur Kenntnis.

Wiebke hält den Wagen an der Friedhofskapelle an, die etwa dreihundert Meter oberhalb des Schlosses versteckt liegt. Von hier aus hat sie einen Blick auf das Gut und die umliegende Landschaft. Die Sonne hat sich nach draußen gewagt, und das gelbe Gebäude strahlt in der herbstlich gefärbten Landschaft wie ein Stück Gold. Allerdings – und das zeigt sich besonders gut aus dieser Perspektive – ist das prächtige Gelb nur an der vorderen Fassade angebracht, die Rückseite des Schlosses ist grau belassen. Nicht zufällig kommt Wiebke plötzlich ihr verstorbener Freund in den Sinn. Vorsichtig streicht sie sich über den Bauch. Die Bewegung ist ihr zur lieben Gewohnheit geworden. Wie ihr Kind wohl aussehen wird? Welche Augenfarbe es hat? Hoffentlich ihre und nicht die von Lars. Wiebke hat Lars' Augen gehasst – genau wie sie am Ende seine ganze Person gehasst hat. Nicht nur wegen der Affäre mit Sonja, Wiebkes Mitarbeiterin. Vielmehr noch, weil Lars ein Versager war. Das hat sie irgendwann gemerkt – nur leider erst, als es ein bisschen zu spät war. Als sie bereits das Kind von ihm erwartete. Von jemandem, der bis über den Hals in Schulden steckte und der vielleicht sogar ... vor etlichen Jahren ...

Wiebke streicht sich durchs Haar. Nein, nein – Lars war ein Versager, aber kein Vergewaltiger. Eher eine Schmeißfliege. Jemand, den man nicht so schnell loswurde. Und wenn man es doch versuchte, dann zeigte er seinen wahren Charakter. Was hat Lars noch gesagt, als sich Wiebke in einem klärenden Gespräch von ihm hat trennen wollen? Wenn es so weit käme, nähme er die Kundenkartei mit. Wegen des Events am Bodensee sei er sowieso schon mit der Konkurrenz im Gespräch. Wiebke ist aus allen Wolken gefallen, aber dann hat sie eingelenkt und insgeheim beschlossen, Lars auf andere Weise loszuwerden. Schließlich ist sie Expertin auf dem Gebiet.

Gut, dass es so schnell passieren würde, war nicht geplant gewesen. Die Gefühle sind mit ihr durchgegangen. Der Zorn! Aber wen wunderte das? Da liegt sie mit seinem Kind im Bauch schlafend im Bett. Und er? Er geistert im Schloss herum und telefoniert mit Sonja. Keine Ruhe hat sie auf ihrem Zimmer gehabt, ohne zu wissen, was er trieb, und deshalb ist sie doch noch losgezogen und hat nach Lars gesucht. Auf der obersten Stufe der Wendeltreppe hat er gestanden und in sein Handy gewispert. Als er sie bemerkt hat, ist ihm das Gesicht eingefroren. Wortlos hat Wiebke ihm das Handy aus der Hand genommen und den Aus-Knopf gedrückt.

„Es ist anders, als du denkst", hat Lars gesagt. Wahrscheinlich sagen sie das alle. Nur ist Wiebke eine Frau, die sich solche Sprüche nicht anhören will.

„Freut mich für dich", hat sie pariert. Und dann hat sie zugestoßen. Und erst als sie gesehen hat, dass Lars sich nicht mehr rührt, ist sie zurück auf ihr Zimmer gegangen.

Wiebke atmet aus. Die Luft ist aufgeklart, das Spiel aus. Gut, die Umstände sind zu ihren Gunsten gelaufen. Diese alte Geschichte, das vermeintlich dunkle Geheimnis. Wiebke weiß, dass ein junger Kommissar auf so etwas fliegt. Allerdings – dass dieser Jan als Sündenbock herhalten sollte, das ist ihr auch nicht recht gewesen. Sie ist ja kein Unmensch. Daher ihre Idee mit den Dachpfannen, die ihr gekommen ist, als sie auf dem Dachboden herumgestöbert hat und plötzlich durchs Fenster Ossenberg aus dem Schloss kommen sah. Die Ziegel sind eh sehr locker gewesen. Sie hat nur mal mit dem alten Schürhaken, der unter dem Fenster lag, durch die Fensteröffnung prockeln müssen und schon sind die Pfannen ins Rutschen gekommen. Schnell den Griff abgewischt, und ein paar Minuten später ist sie schon mit den anderen im Hof gewesen. Inzwischen kennt sie sich mit den Treppen tatsächlich ganz gut aus. Fast ein bisschen schnöde, dass der Kommissar an den Fall nicht richtig ranwill. Er würde die Sache auf sich beruhen lassen. Ein tragischer Unfall – so will der Kommissar das offenbar sehen. Andererseits – er ist ein hübscher Kerl. Wiebke fasst wieder an ihren Bauch. Vielleicht will sie ja noch ein zweites Kind. Dafür wäre der Kommissar gar nicht so schlecht. Bestimmt meldet er sich noch mal bei ihr. Wobei – in den nächsten Tagen wird sie Stress haben. Zwei Interviewtermine hat sie schon ausgemacht. Und Wiebke weiß, dass das erst der Anfang ist. Ein echter Mord bei einer Mordspielagentur! Das macht neugierig und verleiht den echten Kick. Mal schauen, was das Jahr für „Mordlust" so bringt. Von wegen Lars und die Konkurrenz! Unfreiwillig hat Lars sich zu ihrem Marketinggehilfen gemacht. Wiebke wird richtig gut gelaunt. Vielleicht fährt sie ja auf dem Rückweg noch an der Sorpe vorbei. Dort kann sie dann Lars' Handy versenken.

„Auf Wiedersehen, Schloss Melschede", flüstert Wiebke, während sie zum Auto geht. Vielleicht würde sie ja doch noch einmal vorbeikommen. Diese grünen Augen – dafür würde es sich auf jeden Fall lohnen.

Schulte ist schuld

Mit Schulte, das ist echt ein Problem. Weil Schulte, der sorgt immer für Ärger. Ich meine, nicht so richtig – so fiesen Ärger – aber Ärger ist es allemal. Nehmen wir mal die Geschichte damals in Olpe. Lotze hatte gerade seinen Führerschein gemacht, und wir sind mit dem Polo seiner Mutter durch die Gegend gefahren, Lotze, Schulte und ich. Und dann stehen wir da so an der Ampel an der B 54 und wollen links abbiegen und rechts neben uns steht da eine tiefergelegte Schüssel mit voll lauter Musik und dann plötzlich öffnet sich da das Fahrerfenster und jemand schmeißt seine Kippe nach draußen. Die Kippe und dann auch noch die ganze leere Zigarettenschachtel. Voll auf die Straße. Ich mein, okay, ich hab auch geguckt und gedacht „Der Penner!" Aber Schulte? Schulte reißt unsere Beifahrertür auf, springt raus, hebt die Kippe und die Schachtel auf und schmeißt dem Typen den Müll zurück in den Wagen. Ich meine, das hört sich jetzt vielleicht cool an, aber Sie haben ja auch den Typen nicht gesehen! Kahlrasiert, Tatoo auf dem Oberarm, breit wie ein Schrank. Wenn so einer eine glimmende Kippe auf den Oberschenkel kriegt, dann ist das nicht lustig. Gott sei Dank wurde es gerade wieder grün, als Schulte ins Auto sprang. Und Gott sei Dank war der Typ nicht besonders helle. Er brauchte satte vier Sekunden, um zu schnallen, was da gerade passiert war. Aber als er das dann klarhatte, fing er an zu brüllen, sprang aus dem Auto und stürzte auf uns zu. Lotze war vor lauter Schreck der Wagen abgesoffen, aber ich war geistesgegenwärtig genug, sofort auf seiner Seite den Knopf runterzudrücken, so dass der Typ zwar wie ein brüllender Löwe an unserem Polo rumbölkte, aber nicht reinkam. Beim zweiten Mal klappte es dann mit dem Anfahren bei Lotze. Der Typ trat noch unserem Auto hinterher, schrie rum, er würde uns umbringen – dann waren wir weg.

So ist das mit Schulte. Lotze und ich haben ihn danach erst mal zusammengefaltet – fast so laut wie vorher der Proll an unserem Auto – aber Schulte sagte, wenn man solchen Leuten nicht mal den Takt angeben würde, würde es auf der Welt immer schlimmer. Ich hab ihm klargemacht, dass wir das mit der Welt leider nicht weiter mitverfolgen könnten, wenn uns der Typ erst mal abgemurkst hätte. Lotze wiederum hat geschrien, dass wahrscheinlich jetzt Kratzer im Lack sind und dass der Typ uns auflauert und ersatzhalber seine Mutter umbringt, weil der ja der Polo gehört. Und wenn das passieren würde, dann wäre Schulte auf jeden Fall schuld. Ich meine, es ist auch wirklich unmöglich! Schulte hat ja nicht nur sich selbst in Lebensgefahr gebracht, sondern auch uns – und Lotzes Mutter! Aber so ist Schulte eben. Voll Öko und voll unüberlegt. Er macht bei der Landjugend mit, sammelt Müll im Wald auf und demonstriert bei uns in der Schule gegen Plastikbecher im Getränkeautomaten. Schulte hat mir mal aufgeschlüsselt, warum er so ist. Er ist ja immer so völlig theoretisch, und als wir in Sowi Milieustudien gemacht haben, hat er mir erklärt, er wäre das arme Kind eines konservativ-etablierten Vaters mit Verantwortungsethik sowie einer sozialökologischen Mutter, allerdings ursprünglich aus dem traditionellen Milieu. Ich weiß nicht genau, was es bedeutet, aber es erklärt wahrscheinlich, warum Schultes Vater bei uns in Thieringhausen nicht nur im Fußballverein der Vorsitzende ist, sondern auch im Wasserbeschaffungsverein, und wieso Schultes Mutter meistens sehr besorgt guckt und praktisch alleine die Eine-Welt-Gruppe schmeißt. Wie auch immer – das mit der Kippe war Scheiße von Schulte – wochenlang hatten wir Schiss, der Typ fängt uns ab, aber wahrscheinlich war er zu blöd, sich unsere Nummer zu merken. Jedenfalls haben wir ihn nie wieder gesehen.

Aber das war noch nicht alles mit Schulte. Viel heftiger noch das mit den Hühnern. Es war nämlich so, dass jemand Schulte zu seinem 18. Geburtstag drei Pflanzen mitbrachte. Der Jemand war Maik. Maik war gar nicht eingeladen, aber er ist einfach gekommen – und hatte diese drei Pflanzen dabei. Ich hab erst gar nicht geschnallt, was das war – Schulte wahrscheinlich auch nicht. Aber irgendwann meinte Maik dann, dass Schulte sich damit ein wenig freichillen könne. Er wäre ja immer so ernst. Da bin ich dann so langsam dahintergekommen. Maik hatte Schulte Cannabis in die Bude gebracht. Der Geburtstag war ganz okay, auch wenn ständig Schultes Mutter auftauchte, die immer tut, als sei sie ebenfalls mit uns befreundet. Maik ist irgendwann gegangen, ihm war es zu langweilig, weil es nicht genug Hochprozentiges gab. Kurzum: Wir sind ihm einfach zu brav, kein Party-Milieu.

Fakt war aber jetzt: Schulte hatte die Pflanzen. Lotze meinte sofort, Schulte sollte Anbau betreiben. Ich hab gesagt, er wär ja wohl bescheuert, weil mit Drogen kenne ich echt kein Pardon. Die Leute, die bei uns auf der

Schule Zeugs nehmen, sind alle daneben. Also, wörtlich genommen. Hängen in der Schule rum, kriegen nichts mit, sind ungefähr so drauf wie Herr Brinkmann bei uns aus dem Dorf, der wegen Altersdemenz voll neben der Spur ist. „Also, schmeiß weg!", habe ich deshalb zu Schulte gesagt.

„So geht's dann auch wieder nicht", hat aber Schulte gesagt. „Das sind immerhin Pflanzen. Die haben auch ein Recht zu leben."

So ist Schulte. Völlig schräg drauf.

„Und – willst du sie jetzt bei euch ins Wohnzimmer stellen?"

„Muss ich mal sehen."

Ja, und dann kam alles sehr crazy. Schulte hat die Cannabis-Pflanzen nämlich nicht ins Wohnzimmer gestellt. Wegen seiner Mutter. Die ist zwar naiv, aber es hätte doch viel Aufwand bedeutet, ihr zu erklären, dass Schulte die Pflanzen nicht etwa zur Drogenzucht braucht, sondern ihnen auf der Fensterbank lediglich ein neues Zuhause bieten will. Fakt ist: Schulte hat die Dinger dann bei seiner Oma in den Garten gepflanzt. Schultes Oma wohnt auch in Thieringhausen und hat voll den riesigen Garten mit Gemüse und Hühnern und allem. Ich kenn mich da aus, weil wir als Kinder dort immer gespielt haben. Schultes Oma ist ziemlich cool drauf. Sie hat immer so eine Kittelschürze an und ganz wilde Haare und wuselt den ganzen Tag mit ihren Möhren und Hühnern herum. Vielleicht hat Schulte den Öko-Kram gar nicht aus dem Milieu-Dings, sondern von ihr. Auf jeden Fall bin ich zwei Tage später mit Schulte zu seiner Oma, weil Schulte da was abgeben sollte, und wir saßen draußen auf der Terrasse und machten auf liebes Enkelkind und lieber Freund vom lieben Enkelkind und dann sagte Oma Schulte: „Ich habe extra Coca besorgt. Möchtet ihr ein Glas?"

Wir haben „Ja" gesagt, denn es war ziemlich heiß und außerdem freut sich Schultes Oma immer, wenn man bei ihr was isst oder trinkt. Eigentlich möchte sie einen den ganzen Tag vollstopfen mit Getränken und Tomaten und Möhren. Auf jeden Fall hat Schulte, als Oma dann weg war, in eine Ecke des Gartens geguckt und gemeint: „Dahinten steht mein Geburtstagshanf."

„Wo – hinten?", hab ich gefragt und dahin geguckt, wo er hinguckt. „Da, wo die Hühner rumwuseln?"

Und dann sind wir gucken gegangen. Und tatsächlich, die Hühner haben da in den Pflanzen rumgepickt. Die Hühner laufen ja überall rum. Oma Schulte ist da ganz locker.

„Die schönen Pflanzen", hat dann Schulte gemeint, aber so richtig ernst hat er das nicht gemeint. Weil da waren ja überall Pflanzen – und wenn man da was in den Garten pflanzt, wo Tiere rumrennen, muss man ja irgendwie damit rechnen, dass da was drankommt.

Na ja, aber dann hat eins der Hühner zu torkeln begonnen, so ein fettes, braunes, und ich hab gesagt: „Hoppla, das scheint ja zu wirken!"

„Meinst du echt?" Schulte hat ganz erschrocken geguckt, aber dann ist das Huhn schon weitergelaufen.

Und dann kam Oma mit der Flasche und Gläsern. „Kommt, Jungs", hat sie gerufen, „sonst wird eure Coca noch warm."

Ich weiß, dass ich auf dem Weg zur Terrasse noch gesagt habe, dass auch die Eier jetzt high sind. Und Schulte hat gemeint, das wäre die Geschäftsidee überhaupt.

Wir haben's dann noch eine Viertelstunde ausgehalten bei Schultes Oma im Garten und dann sind wir zum Sport.

Das mit den Pflanzen wurde kurz drauf wieder aktuell.

Lotze und ich waren bei Schulte auf dem Zimmer, einen Film im Internet gucken, und dann kam Schultes Mutter herein.

„Ich fahre mal eben zu Oma", hat sie gemeint, „der geht es nicht gut. Schwindel, Übelkeit. Wer weiß, was da im Busch ist."

Schulte hat nur genickt, weil es lief ja der Film. Aber als Schultes Mutter raus war, kam mir in den Sinn: „Sie hat wahrscheinlich zu viele von den Drogeneiern gegessen" – und da war Schulte voll wach.

Er hat von dem Film gar nicht mehr viel mitgekriegt, weil er immer an seine Oma und die Drogen gedacht hat. Und als seine Mutter irgendwann zurückkam, ist er ihr entgegengerannt.

„Und – wie ist es mit ihr?"

„Weiß nicht", Schultes Mutter hat besorgt ausgesehen – aber das tut sie ja immer. „Wir müssen das im Auge behalten."

Schulte wollte sofort selbst noch mal hinfahren, aber seine Mutter hat gesagt, das wäre nicht gut, sie müsse jetzt schlafen. Morgen vielleicht.

Als seine Mutter weg war, hab ich zu Schulte gesagt: „So ein bisschen Gras wird doch deine Oma nicht umhauen."

Das Tückische war: Als ich nach Haus kam, war Abendbrotzeit. Und dann kriegte mein Dad einen Anruf, er müsse noch mal raus. Es ist nämlich so: Mein

Vater ist Arzt. Hausarzt genauer. Wenn da ein Notfall ist, dann rufen die Leute privat bei uns an.

„Dem alten Brinkmann geht es nicht gut", hat mein Vater gemeint. Ich meine, das ist eigentlich nichts Neues, weil der alte Brinkmann ist ja sowieso schon ziemlich daneben, deshalb muss mein Vater eigentlich nicht raus. Aber jetzt hatte der alte Brinkmann Schwindel, Übelkeit und sonstwas.

Und da meine Mutter zum Abendbrot gerade Rührei herstellte, tauchte da bei mir plötzlich so ein Zusammenhang auf: Die Brinkmanns beziehen nämlich ihre Eier bei Schultes Oma. Als meine Mutter mir meine Portion Rührei auftischte, war für mich klar: Der alte Brinkmann war gerade im Rausch seines Lebens.

„Wo sind eigentlich unsere Eier her?", habe ich dann meine Mutter gefragt. Meine Schwester hatte schon angefangen, das Zeug zu verputzen.

„Aus dem Aldi, wieso?"

Da war ich dann wenigstens beruhigt.

Am nächsten Tag war das halbe Dorf auf Droge. Jedenfalls war das Wartezimmer bei meinem Vater rappelvoll. Die Leute klagten über Bauchschmerzen, Übelkeit, Schwindel. Okay, es war Sommer, brülleheiß. Bestes Wetter für Viren – aber trotzdem: so viele gleichzeitig krank? Mir war völlig klar: Schulte ist schuld!

„Die Pflanzen müssen raus", hab ich Schulte deshalb gesimst. „Sonst ist Thieringhausen bald im Drogenhimmel."

„Hab ich gestern Abend noch gemacht", simste er zurück. „Ich bin ja nicht doof."

Okay, Ursache behoben, aber die Hühner waren offenbar immer noch auf ihrem Trip und legten munter

Eier mit Schuss. Was tun? Schlachten und das Fleisch als Cannabis-Frikadellen verkaufen?

Dann bekam mein Vater einen Anruf: Der alte Brinkmann war tot, Totenschein ausfüllen.

Mir blieb das Herz stehen. „Der erste Tote", hab ich an Schulte gesimst. „Wie viele werden es noch?" Es kam keine Antwort. Als ich hinfuhr, war bei Schulten keiner da. Also ging ich zu Oma und da war die ganze Familie versammelt, denn Oma ging es nicht gut. Schulte und ich verzogen uns bald in den Garten. Mein Kumpel sah ziemlich blass aus. Womöglich hatte er auch von Omas Eiern genascht.

„Meinst du, ich sollte das beichten?" Er sah mich angsterfüllt an. „Ich meine, wegen Gegengift und so."

„Der alte Brinkmann ist tot", zischte ich ihn an. „Wenn du das zugibst, bist du dran wegen Mord."

„Vielleicht wird's noch Massenmord", flüsterte Schulte.

„Wie geht's deiner Oma?"

„Nicht so besonders. Wir flößen ihr die ganze Zeit Flüssigkeit ein, schon allein wegen der Hitze."

Dann hörten wir Türenschlagen aus dem Haus. Papa Schulte im Laufschritt zum Auto.

„Ist sie tot?", brüllte mein Freund ihm hinterher.

Papa Schulte blieb stehen. Kreidebleich. „Ich muss zur Pumpstation hin."

Fakt ist: Mein Vater ist drauf gekommen. Ich glaube, er gehört zum praktischen Milieu. Ist ja auch kein Wunder, da er praktischer Arzt ist. Jedenfalls hat er gesagt, wenn so viele Leute im Dorf Magen-Darm-Probleme haben, könnte was mit dem Trinkwasser sein. Ich meine, wir sind ja im Grunde stolz auf unser

Trinkwasser. Weil wir damit eigenständig sind. Andere beziehen ihr Wasser aus Bigge, Ruhr, Lenne – was weiß ich. Wir haben eigene Quellen – und einen Wasserbeschaffungsverband, der ehrenamtlich dafür sorgt, dass das Wasser okay ist. Schultes Vater ist Vorsitzender vom Wasserbeschaffungsverein. Er kontrolliert die Qualität. Also, meistens jedenfalls. In letzter Zeit ist er wohl nicht jeden Tag dazu gekommen. Und dass Bauer Cordes kurz vorm Platzregen an einer der Quellen Gülle ausfährt, konnte auch niemand wissen. Dann die Hitze ... ist ja auch nicht gut für die Keime – oder besser: ist gut für die Keime. Weil es so heiß war, haben die Leute viel getrunken, besonders Schultes Oma, der man das Zeug ja geradezu eingeflößt hat. Wie auch immer – ob der alte Brinkmann jetzt an dem Wasser gestorben ist oder weil er einen Furz quersitzen hatte oder weil er nun mal an der Reihe war .... Mein Vater hat den Totenschein ausgestellt, der Wasserbeschaffungsverein hat Wasser von außen eingespeist – aus Bigge, Ruhr oder sonstwas, und die Leute haben sich wieder erholt. Schulte hat am Ende die Pflanzen verbrannt, obwohl sie nicht schuld waren. Schuld war sein Papa – auch ein Schulte. Ist ja klar.

Zu den Geschichten:

Um die Ecke gebracht, 2012, Erstveröffentlichung

Bis dass der Tod, 2012, Erstveröffentlichung

Saarburger Rausch, erschienen 2010 in:
Wein, Mord und Gesang. kbv Hillesheim

Highway to Hellefeld, 2012, Erstveröffentlichung

Lebenslänglich Bettina, geschrieben 2007,
Erstveröffentlichung 2012

Schnäppchenjagd in Iserlohn, 2012, Erstveröffentlichung

Gegenüber Mord, 2012, Erstveröffentlichung

When shall we three meet again?, erschienen 2010 in:
Mörderisches Münsterland. kbv Hillesheim

Plan E wie Eversberg, erschienen 2012 in:
Tausend Berge, tausend Abgründe. Grafit Dortmund.

Überbacken auf Baltrum, erschienen 2010 in:
Friesisches Mordkompott. Süßer Nachschlag.
Leda Verlag Leer

Meine Kleinen, erschienen 2010 in: *Ausgefressen. Tierische
Kriminalgeschichten.* Leporello Verlag Krefeld

Mordlust auf Schloss Melschede, geschrieben 2003,
Erstveröffentlichung 2012

Schulte ist schuld, 2012, Erstveröffentlichung

Kathrin Heinrichs im Blatt-Verlag:

Druckerschwärze
Mord in einer Zeitungsredaktion
ISBN 978-3-934327-10-8 · 9,20 EURO

❧

Salamitaktik
Mord im Fußballverein
ISBN 978-3-934327-12-2 · 9,20 EURO

❧

Tot überm Zaun
Das Sauerland & andere Regionen in 12 Kurzkrimis
ISBN 978-3-934327-11-5 · 9,20 EURO

❧

Nelly und das Leben
Süß-saure Geschichten
ISBN 978-3-934327-03-6 · 8,80 EURO

❧

Nelly und das Leben geht weiter
Neue süß-saure Geschichten
ISBN 978-3-934327-07-8 · 8,80 EURO

Mehr über Kathrin Heinrichs im Internet unter:
www.Kathrin-Heinrichs.de

Kathrin Heinrichs im Blatt-Verlag:

Ausflug ins Grüne
Mord an einer katholischen Privatschule
ISBN 978-3-934327-00-9 · 9,20 EURO

❧

Der König geht tot
Mord auf dem Schützenfest
ISBN 978-3-934327-01-6 · 9,20 EURO

❧

Bauernsalat
Mord auf dem Bauernhof
ISBN 978-3-934327-02-3 · 9,20 EURO

❧

Krank für zwei
Mord in der Provinzklinik
ISBN 978-3-934327-04-7 · 9,20 EURO

❧

Sau tot
Mord auf der Treibjagd
ISBN 978-3-934327-05-4 · 9,20 EURO

❧

Totenläuten
Mord in Kirchenkreisen
ISBN 978-3-934327-06-1 · 9,20 EURO

Mehr über Kathrin Heinrichs im Internet unter:
www.Kathrin-Heinrichs.de